Los mariditos: rel

—Oiga, Nilo: ya se llevan a D. Ernesto á la Tlalpitoya.

indispensable para el conocimiento de la casta de los mariditos.

LA temperatura media del aíre en el Valle de México es de 18° 29 centígrado.

Las heladas, respetuosamente, no llegan á impedir el desarrollo perenne de la vegetación que provée al mercado de toda clase de leguminosas los 365 días del año.

Hay clotes desde Marzo hasta Diciembre, melones en Enero, fresas todo el año y semillas tempraneras que desde el semillero hasta el almuerzo no hacen más que una evolución de veinte días, como la de los rabanitos.

Las calabazas que se sirven tiernas en Marzo, toman proporciones colosales en Noviembre para el *chacualole de los muertos.*

Se dan tambien en este Valle, merced á la temperatura, profesoras de instrucción primaria, y sábios de todas dimensiones, críticos tempraneros, periodistas con chichonera, mamás de quince abriles, abuelitas de treinta y sobre todo mariditos.

Los derechos del Registro Civil son cómodos apropiados á las circunstancias y á la temperatura. Hay además gro blanco de á peso, y una barata permanente de azahares de badana en el Portal de Mercaderes.

El peso medio de la raza humana en el distrito federal fluctùa en los varones entre 75 y 150 libras peso bruto. Las novias teniendo 12 años cumplidos y tacones de palo, están expuestas á los mariditos y no se pesan.

El maridito es un sér precoz que le juega una mala pasada al tiempo, á la naturaleza, y á la aritmética; quiere decir: que en un avío hace tres mandados. Le juega una mala pasada al tiempo porque llega á viejo sin haber sido nunca joven.

A la naturaleza, porque es una semilla embrionaria que se empeña en sembrarse para reproducirse, sin esperar á que madure la pulpa de la fruta que la contiene.

Y á la aritmética, porque aprende logaritmos y se olvida de sumar y restar.

Los mariditos son la compañía limitada que ha contratado un ferrocarril desde el Registro Civil hasta la tierra de Liliput, como paradero de las generaciones que vienen.

El maridito prefiere á la carrera militar la de la música; y le seduce más un violin que un Remington.

La baba que deja, como la oruga, marca invariablemente sus etapas, en su pequeño viaje de circunvalación en este orden: la escuela, la cantina, la novia, los títeres, la capilla del Arzobispo, el montepío y el panteón.

El maridito se sustrae furtivamente del censo de los hombres útiles, para aumentar, por medio del amor, el guarismo de los seres desgraciados.

Cupido antes de herir con sus flechas á los hombres, se ensayaba dirijiendo sus tiros á los animales de los bosques. Desde entonces hirió á los mariditos quiere decir mucho antes de que Cupido conociera á Psyquis.

De manera que un niño de estos días, apenas sale del sarampión ó de la tos ferina, siente la flecha susodicha, y se inmola, como las mariposillas en la llama de una bujía, haciéndose maridito.

Crece en medio de una juventud gastada, entra en una sociedad retraida, recelosa é indiferente; y como les teme á las mujeres se enamora de la primera que le estrecha la mano.

La organización de nuestra sociedad actual, produce necesariamente el pollo y el maridito, como la humedad produce el hongo y la trufa.

Los espartanos comían en mesas públicas para no caer en los goces domésticos que hubieran podido amortiguar su abnegación por el Estado.

Los mariditos se encierran en su hogar doméstico antes de conocer las leyes, la política, la pátria y la independencia personal.

El espíritu de las leyes de Licurgo era: *todo por el Estado y para el Estado*.

Las leyes climatológicas y sociales de la capital de esta República, parecen decir al oído de los pollos; *todo por el amor y para el amor.*

El amor precisamente y sus escándalos fué el que hizo esclamar á nuestros antepasados: *entre santa y santo pared de calicanto*, y comenzaron á levantar paredes entre santas y santos; y como á pesar de las paredes y las rejas de fierro, y no obstante las... quiere decir, que después de hechas las paredes de calicanto, fué cuando el refrán adquirió toda la consistencia de *evangelio chiquito*, y se instituyó el noviazgo de balcón, la prohibición de aprender á escribir, y el retraimiento exajerado y malicioso entre uno y otro sexo.

Esa pared de calicanto, no obstante su inutilidad, existe en nuestros días. Existe en el salón mexicano caracterizado por la separación de las señoras y los caballeros, existe en la sequedad forzada é innecesaria con que le saluda á usted en la calle una señora que le tiene miedo al público; y existe, en fin, en el criterio social. Esto, y por causa determinante un tacón de palo, un contorno del dorso, un efluvio de opoponax, ó una danza habanera, hacen al maridito.

Himeneo llega desde antaño, según el ritual encendiendo su antorcha sólo cuando la víctima de Cupido está pasada de parte á parte; pero el maridito no necesita tanto; se da por muerto al primer aleteo del rapaz, y corre á la Vicaría sin cuidarse del maíz.

En México le faltan al pollo dos elementos indispensables en la formación del hombre: la escuela social y la educación varonil. Le falta en relación con los hombres, el club, los ejercicios atléticos y los entretenimientos varoniles; y en relación con el bello sexo, el contacto sincero y cordial, á que se llega en todas partes por el refinamiento de las costumbres.

Por eso el pollo no sabe resistir el atractivo engañoso de la muger. No ha analizado ni defiinido el encanto, para él irresistible, del bello sexo, y cae inerme en el primer garlito preparado por la coquetería ó por la imaginación. A los primeros síntomas fisiológicos el pollo se aísla, se concentra, se encapricha y se hace maridito.

El espíritu filosófico de la educación moderna tiende á preparar al hombre para la lucha por la vida, rodeándole de los elementos indispensables para ser actor en la escena social, preparado siempre para abrirse paso al través de las asechanzas, de las dificultades y de los infinitos escollos con que ha de tropezar en su camino.

Este espíritu filosófico destruye, como una ráfaga de luz las negras sombras, los temidos fantasmas que el ignorante llama hado, destino, fatalidad, desgracia; y educa al hombre para la vida real, para que pueda acomodarse á la manera de ser de la sociedad en que vive.

Cuando se entra al mundo luchando con estas armas se tiene el mayor número posible de probabilidades, de llegar á buen puerto sin haber sacrificado el bienestar, la felicidad y el porvenir á un incidente, á un error ó á un capricho.

Pero el maridito ¡pobre maridito! apenas comienza á vivir, apenas entra en la vida descuidado é inerme, ignorándolo todo, y no imaginándose siquiera cuán difícil va á ser abrirse paso, cuán penosa va á ser la lucha que tiene que emprender, cuando el travieso amor le atrapa entre sus redes, como presa fácil, se apodera de sus sentidos, de su imaginación y de sus facultades afectivas, se quita la venda y se la ciñe á su víctima y la inmola, como se inmolaban á Venus las palomas y los gorriones, para mantener el culto del amor, alma del mundo.

Ya seguiremos á estas víctimas en su carácter de mariditos al través de las infinitas vicisitudes y amarguras á que inocentemente se condenaron al entrar á la vida.

Este es, el espíritu del presente libro, del que sería el galardón más preciado, desbaratar algunos matrimonios, concertados sin la juiciosa y necesaria intervención del sentido común.

LOS MARIDITOS

CAPÍTULO I

Las buenas de las mamás

En la mayor parte de las casas que prestan alguna comodidad y tienen alguna amplitud hay una pieza que se llama *la Asistencia;* generalmente está hácia un lado de la entrada y se comunica por una parte con las recámaras y por la otra con el comedor.

Los muebles que la decoran son por lo regular los remozados, los de segunda clase y de la moda pasada; suele haber un piano viejo, relegado por la adquisición de uno mejor para la sala. En la asistencia se recibe á los parientes y á las personas de confianza se ajustan los criados, se reciben y se dán recados, se sientan las personas que esperan al amo ó á la señora, y hasta sirve de taller á la costurera.

La asistencia es el cuartel general de ciertas señoras mayores, visitas de la casa, pero que casi nunca entran á la sala.

En la asistencia de la casa á que nos vamos á referir, es en donde soltaba la lengua la Sra. Lopez. Le parecía que allí estaba de confianza, porque á la Sra. Lopez no le gustaban etiquetas ni cumplimientos; era muy llana y muy francota según ella misma decía.

A eso de las diez una mañana entró la recamarera al tocador de la señora.

—¿Qué se ofrece?

—Buscan á usted.

—¿Quién?

—La señora López.

¡Ave María Purísima! murmuró entre dientes la señora, y luego agregó:— Que pase.

—Ya está en la asistencia.

—Díle que allá voy.

La señora no apresuró su tocador; lo cual quería decir que sabía con quien tenía que habérselas.

La señora López, ó Lugardita, como le decían en la casa, era un individuo que pertenecía al bello sexo, porque á alguno había de pertenecer. Era una señora con ese color magro indefinible, formado, parte por los años, parte por derrames biliosos, y parte por la raza. Era lo que se llama una *trigueña al óleo.*

En cuanto á facciones, tenía las de todo el mundo.

A todas las gentes con quienes se ponía en contacto, les parecía que ya la habían visto antes.

Aunque la curva es la línea de la belleza, pero eso es según quien lo maneje; porque Doña Lugardita estaba exactamente hecha á curvas, pero no eran precisamente las ele la belleza, sino las de Doña Lugardita; curvas salientes que no servían para realzar las entrantes sino para servir de base á otras y otras hasta formar un cielo aborregado... Así eran las curvas de Doña Lugardita; á la curva de la barba sucedía la curva de la papada, y á esta la curva del cuello, y luego la curva de... en fin era una señora aborregada. Esto la ponía en relación con su ropa que á fuerza de uso se amoldaba á las curvas, como las personas se amoldan á las circunstancias. Su ropa no hubiera podido vestir á nadie más que á doña Lugardita. Cuando un pliegue encontraba su curva adquiría cierta imperturbabilidad escultórica; el mismo pliegue se hacía al día siguiente y se seguía haciendo siempre.

No hacía ruido al andar. Ostentar tacones hubiera sido salirse de carácter. Doña Lugardita para andar se deslizaba; para sentarse se embarraba en la silla, y de todos modos estaba bien; quiere decir, cómoda, á plomo, instalada y como sin que la corriera prisa.

Vestía de negro desde que murió su segundo marido, época en que abandonó definitivamente los colores; y ha hecho bien por que si hoy la señora López se pusiera un vestido amarillo, nadie la reconocería.

Sin impacientarse esperó á que saliera Conchita, la señora de la casa.

—Aquí me tiene usted, dijo cuando la vió entrar, ya vengo á darle guerra; pero ¡qué quiere V.! aquel muchacho me tiene la vida quitada. Hasta me parece que se está adelgazando; bien es cierto, que él nunca ha llegado á embarnecer apesar del tifo; que luego ya vé V. que cuando les da el tifo á los muchachos, enseguida engordan; pero mi pobre Pepe siempre tan delgadito como V. lo conoce; y luego estos amores... vamos que el muchacho está lo que se llama perdidamente enamorado de la tal Lucecita. Eso si, la muchacha todo se lo merece, porque si la viera V. que juiciosita y que muger de su casa y que... como no se eche á perder con el matrimonio, por que... suele suceder; yo he visto mucho, y unas son las mugeres cuando novias, y otras cuando casadas. Pues como iba diciendo, mi Pepe está... figúreselo V., en un brete, él, el pobre, que quisiera tener los tesoros de Montecristo para su boda, y ahí le tiene V. sin destino al pobre. Es cosa que sale desde la mañana, y ya ví á este sugeto y ya vé al otro, y ¿qué más? ya se resigna á colocarse aunque sea fuera de México, en fin, de cualquier cosa, en alguna hacienda, de escribir á la mano, de dependiente, de... vamos, con qué el otro día me dijo—mamá, pues aunque sea de boletero en las tranvías ¿lo creerá V.? ¡Pobrecito de mi hijo! lo que quiere es trabajar, tener donde ganar un peso. Y yo, al verlo tan aflijido, le dije: No tengas cuidado; que mañana voy á ver á Conchita que tan formalmente me ha ofrecido hablarle al Licenciado, y ya sabes que el Licenciado es incapaz de negarle nada á su muger. Como que hay pocos matrimonios como el de V., mi alma.

No había tenido tiempo Conchita de contestar cuando llamaron suavemente á la vidriera, y se dibujó contra la luz del corredor, la silueta de una señora.

Adentro, dijo Conchita, y la vidriera se abrió.

Era otra visita de confianza, porque Conchita, sin pararse, se limitó á tender la mano á la recien venida.

—La señora López continuó señalando á Doña Lugardita. Marianita Quijada agregó presentando á su amiga. Las dos visitas medio se abrazaron y medio se cambiaron sus señas.

Marianita Quijada llevaba un vestido de lana verde oscuro, un abriguito (visita, de merino negro, y velo mantilla. Se diferenciaba de la señora López en que llevaba bolsa de mano y sombrilla, lo cual revelaba un grado más de cultura y comodidades. También era pretendiente y sus negocios de familia,. como á Lugardita, la traían corriendo de seca en meca; bien es que estas agencias y estas ocupaciones eran no solo su ocupación del momento sino la de toda su vida. Doña Marianita en fuerza de ser locuaz y atrevida, arbitrista y emprendedora, había acabado por resolver el gran problema de su vida. Su marido, que había sido maridito, y como tal se había acabado pronto, le había dejado muchos hijos y muchas deudas; por lo demás no le había dejado á sus hijos ni un par de sábanas; pero Marianita que recien viuda no tenía malos bigotes, había sostenido la casa y la familia... ¿con qué? con todo: con la lengua, con los ojos y con los piés, y hasta con el jirón que le había quedado de chisgo y de juventud.

Marianita Quijada tenía que ver con todo el mundo. Afortunadamente tenía esa letra menuda de las mugeres que se abren paso entre las encogidas, las cortas de genio y las pusilánimes. Cuando se casó, su marido que como hemos dicho era un maridito legítimo, estaba colocado; pero apenas tuvieron dos hijos, ¡adios colocación! el maridito se quedó en la calle. A él se le vino el mundo encima; pero Marianita se le fué encima á todo el mundo y colocó á su marido.

Ya diremos después como Marianita Quijada colocó á su marido porque eso es largo.

Más tarde Marianita Quijada hizo á su hija, la mayor, profesora de primeras letras. Ya diremos después como Marianita hizo profesora de primeras letras á su hija mayor, porque eso tambien es largo.

Por ahora vamos á ver todo lo que hace Marianita por hacer maridito a uno de sus hijos, que es de lo que está tratando ahora en casa de Conchita a muger de un señor Licenciado muy servicial, muy bondadoso, muy lleno de recursos, y muy lleno de relaciones en todo México.

Daba la casualidad de que á Marianita y á la señora López las llevaba casi el mismo asunto á la casa del Licenciado. La señora López no quería más que un destino, y con razón, para casarse se necesita tener entre otras muchas cosas un destino; y Pepe lo tenía ya todo, quiere decir novia y amor, todo el amor que se necesita en casos como ese y acaso un poco más; de manera que el destino era lo único que faltaba.

En cuanto á Marianita Quijada, como tiene que hablar personalmente con el Sr. Licenciado, estaba convenido que se quedaría á almorzar, y cuando hable con el Licenciado será cuando nos enteraremos de sus asuntos, que como sabemos ya, eran cosa de amores y casi del mismo carácter que los asuntos de Doña Lugardita.

Conchita por fin ofreció á ésta que se empeñaría con el Licenciado para conseguir el destino susodicho, sin el cual era casi imposible que se casara Pepito.

—Conque mi alma, exclamó Lugardita, en sus manos de V. está el asunto; yo sé que es V. muy buena y que va á poner toda su influencia y todo su valimiento para conseguirlo; vea usted que la felicidad de mi Pepe depende de V.

—Haré todo lo posible.

—¿Pero cree V. que lo conseguirá?

—Vamos á ver.

—Nada, nada, es seguro, seguro; se lo conozco á usted en la cara, con que adios mi vida. Pasado mañana vengo á saber la razón, adios, adios Conchita, adios señora; ya sabe V. donde tiene su casa, Lugardita López, una servidora de V. adios, adios.

Y Doña Lugardita salió.

A poco atravesó por la asistencia para ir al comedor el señor Licenciado, y como había tocado una campanilla eléctrica, el almuerzo estaba servido Escusado es decir que Marianita llevó la voz, siendo la que hablaba más y almorzaba ménos.

Anudando el hilo de conversaciones anteriores, la Quijada hizo un relato circunstanciado de como estaba á punto de terminar las cosas, para recibir el dinero; un dinero que por parte de una parienta materna iba á recibir. Corroborada que fué por el mismo Licenciado la circunstancia de que no se había omitido nada ni faltaba ningún requisito ó formalidad, entró la Quijada de lleno en el objeto de su visita.

No quería más que doscientos pesos por cuenta de su herencia.

—Pero estos doscientos pesos señor Licenciado, decía, hága V. cuenta que son como el comer, como el vivir, como el respirar. Figúrese V. que ya todo está comprometido, que ya no podemos irnos para atrás; y si este matrimonio se aplaza otra vez ¡adios! ya no se lo que va á suceder. Lo que es Ernesto se pega un tiro; júremelo usted, mi alma, está en un estado que hay que temerlo todo, y lo que es Ernesto, ¡ah, no lo conoce V.! es una fiera; ¡tiene un genio que ya! pero eso sí; en en tratándole bien, es una seda.

El Licenciado no había contestado todavía una sola palabra. Parecía más dedicado al beefsteak que á los asuntos de la Quijada, pero en realidad se había enterado lo bastante de que se trataba de un bocado de doscientos pesos.

Apenas se separó de la mesa, la Quijada lo siguió con el bocado en la boca, pero sin soltar la palabra, atravesó detrás de él la asistencia y las recámaras hasta el estudio, donde continuó su peroración y donde considerando al Licenciado en sus últimos atrincheramientos, agotó las variaciones de la súplica, los ruegos, las esclamaciones y todos los recursos oratorios, hasta que excitada por el silencio del Licenciado, apeló á la *última ratio* femenil: prorrumpió en llanto.

A esta sazón el Licenciado, que acababa de ver el reloj y de pensar en que no tenía más que cinco minutos para concurrir al Tribunal, tomó de las crispadas manos de Marianita un papel que hacía rato le tendía suplicante, y acercándose al escritorio lo firmó violentamente, y se lo entregó, Marianita cayó de rodillas en ademán de besar los pies del Licenciado, á tiempo que llegó Conchita para salvar á su marido. Este le hizo una seña, mientras la Quijada permanecía en el suelo.

—Vamos, Marianita, dijo la señora, está V. servida; pero ya es tiempo que dejemos á Manuel, que tiene que irse al Tribunal.

La Quijada se dejó conducir como desfallecida de emoción y con su documento todavía estrujado entre las manos.

CAPÍTULO II.

Marianita Quijada AT HOME.

No somos afectos á los inglesismos; pero nos parece lícito pedir prestado este al *home* que tiene más extensión que la frase castellana en casa ó dentro de casa.

Marianita Quijada vivía en la mejor vivienda de una casita de vecindad ubicada por Necatillán. Ella era la mejor de la vecindad y llevaba la voz entre los inquilinos como la más expedita y la más chisgarabís de aquellas buenas gentes.

Ya hemos dicho que á Marianita le había dejado su segundo maridito muchos hijos, los cuales, si bien á duras penas sobrevivían á las hambres y miserias de su menor edad, comenzaban, merced á las artes de su madre, á convertirse en instrumentos explotables.

Ernesto, que era el segundo de los varones, pues iba á cumplir veintidos años, hacía seis meses que estaba colocado con cuarenta pesos cada mes en una tenería; y si bien llegaba á su casa oliendo á suela, daba al principio parte de sus quincenas para el puchero; pero desde que se había enamorado, Marianita había ido colocándose en ese segundo término de las mamás que encuentran lo más natural del mundo que sus hijos se enamoren y se casen.

—Alma mía de mi hijo, decía, vale más que se case, á ver si así sienta la cabeza; que bien me la ha quebrado á mí el inocente con sus calaveradas; pero ¡qué vamos á hacer! todos los muchachos son lo mismo, y vale más que piense en casarse y no que..... porque hoy los jóvenes..... ¡válgame Dios, si se ven unas cosas! Ahí está ese Fournier, como daban en decirle, tan amigo de mi hijo, que eran uña y carne; y aunque mi pobre Ernesto no ha estado en Belén mas que dos veces..... eso sí, las dos veces por injusticias, tiene el genio tan vivo y es tan hombre, porque eso sí, valiente es como pocos; las dos veces que ha estado detenido, ha sido porque ha trompeado á un gendarme. Pero ahora es otra cosa; desde que se enamoró de esa muchacha, es otro hombre; no sale de su trabajo y de la casa de la novia. Es cierto que ya no me dá nada, pero qué hemos de hacer, el pobre está juntando para su matrimonio y no espera más sino que yo..... ¡pero buen cuidado tendré de decirle nada todavía!

—Oiga V. mamá, le dijo Ernesto á doña Marianita, la misma noche del día en que la vimos á los pies del Licenciado, ¿Cuánto cuesta casarse?

—Pues eso según, contestó la mamá.

—No; á mi papá, ¿cuanto le costó casarse con V.?

—Eso no es regla; porque tu papá era muy garboso.

Este *garboso* es una palabra que corre por esos mundos de Dios entre nuestras gentes, representando una idea contraria á su verdadera significación. Garboso es el que gasta más de lo que tiene, sin pensar que este garbo es el origen del desfalco, de la dilapidación y necesariamente de la ruina.

—Pero bien, insistió Ernesto, ¿cuánto le costó á mi papá casarse con V.?

—Ya te he dicho que esto no es regla; él era...

—Yo también soy; y lo que es yo, no he de ser menos que mi padre.

—¡Ay, hijo mío! No permita Dios que vayas á hacer las locuras que el pobrecito hizo por casarse conmigo; porque has de tener en cuenta que esas locuras las pagamos casi toda la vida.

—Pues yo le advierto á V. que mi casamiento ha de ser rumboso. Yo tengo mis motivos para querer hacerles ver á ciertas gentes que no estoy tan tirado á la calle.

—De lo cual yo me alegraré mucho; porque, al fin, soy tu madre. Pero...

—No hay pero que valga; va V. á ver: ¿A todo esto consiguió V. algo del Licenciado?

—Nada todavía, mi alma; pero creo que se ablandará.

—¡Estos ricos! exclamó Ernesto de mal humor.

—No, no vayas á hablar mal del Licenciado, porque á la larga él va á ser el que nos saque de apuros.

Como se vé, doña Marianita quería ocultar que ya era poseedora de doscientos pesos, porque Ernesto se hubiera apoderado de ellos como un buitre de su presa; y aquella mamá era como muchas mamás: le tenía miedo á los arranques de su hijo.

Ernesto no se ocupaba en aquellos días más que de inquirir los precios de todo aquello que necesitaba para casarse, y llevaba en la bolsa una lista en blanco, con todos los renglones que le saltaban á las mientes como cosas indispensables para el matrimonio, á saber: Derechos del Registro Civil.

Derechos eclesiásticos.

Una cama matrimonial.

Un ropero.

Un buró.

Un tocador.

Sofá, sillas y sillones.

Alfombra y dos tapetes.

Cortinas.

Aguamanil habilitado.

Toallas y ropa de cama.

Un mueblero, amigo de Ernesto, le llenó esta lista con una cantidad que sumaba con los derechos civiles y eclesiásticos cuatrocientos pesos; y hasta allí no se trataba más que de una pieza: la recámara. La sala, modestamente, importaría otro tanto y con el comedor y la cocina sacaba una suma redonda de mil pesos.

El amor de Ernesto se frunció ante este guarismo, y palpó la imposibilidad de casarse.

A esto había que agregar el gasto de donas; que aunque no consistieran más que en los dos consabidos trajes blanco y negro calzado y alguna ropa blanca, muy modestamente, había que agregar otros doscientos, más los gastos de la boda. En suma, Ernesto necesitaba mil trescientos pesos para casarse, y no tenía más que sesenta de ahorro, y doscientos que le había ofrecido su madre, de manera que el déficit era de mil cuarenta. Naturalmente le ocurrió á Ernesto lo que le ocurre todos los días á medio México para salir de apuros: la Lotería.

Efectivamente, sacándosela la cosa era muy sencilla. ¿Y que se debe hacer para sacársela?

Entrar.

Ernesto entró.

¿Y creerán ustedes que con esta idea luminosa, con esta salida ingeniosa y con esta entrada á la lotería se llegó á consolar Ernesto?

Pues, sí señor; se consoló, al grado que su amor se desfrunció de cómo había quedado ante los mil trescientos pesos, y desplegó las alitas para prepararse al cuchicheo nocturno con la prometida.

Todo esto prueba lo fácil que es el maridito para plegarse á las circunstancias y lo expeditivo para dar solución fácil á los más complicados problemas de la vida.

Puede ser que otra latitud, en otra altura, y en otro clima, todas estas dificultades se hubieran presentado á cualquier dependiente de tenería con cuarenta pesos mensuales, en el momento de conocer á la mujer que lo impresionara; y con la rapidez del pensamiento ese dependiente volvería á sus cordovanes, rezando para sí: «No se hizo la miel...» ¡Pero en México, cuya temperatura media es de 18° y cuyas condiciones climatológicas y sociales producen la casta de los maridos, en México, decimos, el amor es más despótico, la juventud más fusible y más erótica y las cosas marchan de distinta manera!

Por eso Ernesto no retrocedió ante la dificultad, sino que se conformó con conjurarla entrando á la lotería, pero ni por las mientes le pasó la idea de prescindir del absurdo de casarse.

Marianita Quijada después de llorar en la casa del Licenciado estaba muy risueña, lo cual no tiene nada de raro, supuesto que esta vida no es más que una alternativa de lágrimas y risas. Se había despojado ya de las galas que la hacían aparecer en público algunos grados más alta en la escala social. Quiere decir, que había vuelto á asumir el carácter que le era propio. Una enagua sucia de percal oscuro, y un saco suelto de la misma tela, y además un delantal de manta pintada y para acabar de colocarse en su puesto se había limpiado con una toalla el polvo de arroz que había servido también para hacerla figurar algunos grados más alta en la escala de las epidermis, cuyos tonos varían desde el negro abisinio, hasta el blanco caucásico.

Se ocupaba, tarareando una canción, de preparar la comida para su hija la profesora, que llegaba á las doce y media, precisamente, á comer, para volver á sus tareas pedagógicas. Llegaba esta marisibidilla á su casa, quitándose unos guantes color de hoja seca que se plegaban en los brazos hasta arriba del codo, ponía sobre un mueble una sombrilla escandalosa con un palo muy alto y muy retorcido, adornado con un lazo rojo, se quitaba un sombrero puntiagudo de colores raros y chillantes y se sentaba á la mesa para ser servida por su madre, que freía y cargaba con el plato y el cubierto para la pedagoga.

—Mamá, gritaba al cabo de algún rato, con el bocado en la boca ¡mi pulque!

—Mi alma, respondía la mamá desde la cocina.

La mamá volvía á entrar con un jarro.

—¡En un jarro! exclamaba la maestra, que conocía de oídas los vasos etruscos y las ánforas de Chipre.

—No sé donde ha puesto esa la botella, decía la madre disculpándose.

Esa era una muchacha de trece años, desgreñada é inmunda que ganaba un peso cada mes y constituía toda la servidumbre de la casa.

Después que comía la profesora, se le servía café; porque el café es la bebida de los hombres pensadores y de las mujeres de talento. En aquella casa nadie lo tomaba sólo, excepto aquella señorita á quien le habían dicho que madame Stael y doña Gertrudis Gómez de Avellaneda lo tomaban á todas horas.

Doña Marianita creía que de aquella manera las dos estaban en su puesto.

La maestra dando órdenes.

La mamá obedeciendo.

La hija servida como un personaje.

La madre sirviendo como una criada.

Aquel trastueque no tenía más razón que esta: la literatura.

Especie de investidura que infundía respeto á doña Marianita Quijada.

La profesora se había quitado el apellido Quijada; no sabemos por qué.

Tal vez le pareció poco eufónico. Por nuestra parte, nos parece discreto respetar la causa de esta extravagancia.

CAPÍTULO III.

El león y él hombre.

Reinan la sombra y el silencio.

La noche está á punto de terminar; pero todavía la primer penumbra no viene á recortar el perfil de ninguna montaña en la bóveda cerrada y oscura por todas partes.

Zéfiro se ha levantado de puntillas y ha echado á correr por las florestales de los campos.

Las hojillas se mueven á su paso con el extremecimiento del niño que despierta.

Miles de pequeños párpados sienten cumplido el período del descanso, y dejan brillar los ojos de las aves todavía entre las sombras.

En la oquedad de un peñón abrupto, tapizado de hojarazca, cerdas y despojos, acaba de despertar el león de los desiertos, á tiempo que la primera línea blanquecina ha marcado en el horizonte la división del cielo y de la tierra.

El león abre los ojos, inmóvil, pero pasando del abismo del sueño á la claridad del pensamiento, se da cuenta del nuevo día.

En tanto la aurora desde el oriente visita, de las primeras por su altura, aquella alcoba salvaje.

El león se incorpora haciendo crujir la caliente hojarazca de su lecho, ergue el cuello, mueve la cabeza, enarca el lomo; y haciendo un movimiento hacia atrás, atiranta sus dos robustos brazos para desentumir sus músculos y sus tendones; después retira hacia atrás, alargándolos, uno por uno sus cuartos traseros; da dos pasos fuera de su guarida y se sacude fuertemente para desalojar de entre los pelos de su piel las escorias adheridas; da algunos pasos más ascendiendo, y se coloca, como sobre un pedestal de galería de artes; sobre una roca plana.

Sostiene una larga mirada contemplando las rosadas y brillantes nubes del oriente, como si también en el cerebro de los leones cupiera la oración matutina de la criatura al Hacedor Supremo.

Después de contemplar, pudo notarse que la fiera experimentaba algún goce íntimo, porque su cola, que no había movido hasta entonces, se irguió describiendo en el aire dos graciosas eses con su copiosa borla de greñas amarillas.

El Sol, rompía entonces dos ígneas *cúmulus*, sobre la montaña; y como de la grieta de un horno ardiente, salieron hilos de luz que fueron á esmaltar con toques de oro las crenchas de la fiera.

¡Qué hermosa estaba, destacándose en el fondo verdinegro de las encinas no alumbradas todavía, su silueta dorada por el Sol!

Con una especie de bostezo, abrió sus dos mandíbulas, dejando ver sus blanquísimos colmillos y su lengua color de rosa, que lamió después los belfos, como último detalle del despertar.

En seguida, volvió la mirada en varias direcciones, se dilataron los poros de su ancha nariz, volvió á erguirse sobre las manos, y moviendo la cola con extremecimiento inusitado, lanzó sonoro, ronco y prolongado bramido que repercutieron todas las montañas.

El dios Pan, con su dorso desnudo y musculoso sobre sus piernas hirsutas, acaba de sonar la flauta de siete notas de su invención, y el reino animal respondía á la armonía sagrada con el extremecimiento de la carne.

Aquel rugido, como el ronco sonar de los timbales en la orquesta, había venido á mezclarse á la armonía de la oda eterna de la juventud á la belleza.

En estos momentos el león, como si acabara de formular una resolución suprema, como si obedeciera á un plan preconcebido, como si bullera en su cerebro un mundo de esperanzas, como si se encaminara á un destino de deleites, echó á andar por los bosques.

La sinopsis de aquella escena agreste, el argumento de aquel poema salvaje, era este: La Leona.

Ernesto el dependiente de tenería con cuarenta pesos, hijo de D.ª Mariquita Quijada, acaba tambien de despertar entre sus sábanas de manta, y aunque no movía la cola ni lo doraba el sol naciente, casi hacía versos; porque al oír, en sueños, la misma flauta del dios Pan que había oído el león, pensaba en su novia.

Mientras Ernesto se levanta sigamos al león.

Había echado á andar por las selvas, al principio tomó un paso precipitado como para abandonar pronto aquellos sitios conocidos y recorridos ya; pero al cabo de algún rato comenzó á caminar con alguna precaución. De trecho en trecho hacía paradas, levantaba la cabeza y se notaba cierto movimiento alternativo en sus orejas, cuya cubierta se levantaba un tanto, como para recojer los sonidos lejanos y luego echaba hacia atrás la cabeza, levantándola, como para que sus narices alcanzaran una capa de atmósfera más alta que su cuerpo.

Si á su paso encontraba alguna eminencia, trepaba á ella resueltamente, y en la cumbre se instalaba volviendo después la vista en todas direcciones.

Esperaba, no sabemos que efluvios que debía encontrar en la atmófera; no sabemos que ruidos que debían venir en el viento, y sus ojos, dotados entonces de doble percepción, escudriñaban las malezas, y todos los accidentes del terreno y esperaba.

En una de tantas exploraciones debió llegar por fin á su exquisito sentido salvaje, el aviso apetecido, y estremeciéndose de emoción se lanzó precipitadamente por una senda y se perdió en la espesura.

En su largo viaje había despreciado más de una *vez* la presa fácil para saciar el hambre, y caminaba sin detenerse; hasta que á la vuelta de una encrucijada, se paró inusitadamente y levantó la cabeza.

Tenía delante el tajo perpendicular de una montaña, cerca de cuya cúspide, volaba hacia el abismo la esplanada de una roca.

Sobre ella como apropósito, como para hacerse visible, estaba de pié una hermosa leona.

Ella tambien hizo un movimiento de sorpresa, y colocando sus garras en la última línea de las rocas, se asomaba hacia el abismo como buscando la bajada.

El león entonces lanzó un bramido que hizo estremecer á los pobladores de la selva, pero que fué, casi en el acto, contestado por otro bramido más ronco, más feroz y más prolongado.

El león, más ergido aún, y más sobre sí mismo, movía la cola con movimientos nerviosos sin quitar la vista de la dirección en que había sonado el rugido de alarma.

He ahí á la fiera en la plenitud de la vida, llena de amor y de vigor salvaje, ágil, fuerte, robusta, decidida, sin vacilar ante el peligro como el adalid que va á pelear por su honor y por su dama, por su dama, que le contempla desde su inaccesible minarete y debía encontrarle todo el encanto de la juventud, del amor y de la belleza.

Cesaron los movimientos dé la cola del león y quedó por breve rato inmóvil como un león de bronce. Pensaba.

Aquel acantilado del minarete de la leona, debía ser el término abrupto de una ondanada dependiente accesible colocada en el sentido opuesto.

El león la había medido con el teodolito de su instinto, y se lanzó en la dirección que una comisión de ingenieros le habría marcado.:

Efectivamente, á poco, tomando el recodo más bajo, ascendía ya por la pendiente que debía terminar en la esplanada del precipicio.

Rastreó, olfateó y rugió.

¡Había huellas de león!

El mismo rugido ronco y feroz que le había contestado antes resonó en la cumbre!

Brillaron sus ojos como dos carbunclos, rascó la tierra con las patas traseras cómo para borrar malditas huellas, sacudió las guedejas con impaciencia y ascendió resuelto. A poco se detuvo: las huellas escitaban su celo, su amor y su coraje, y ascendía.

Por fin hizo alto, se irguió, y después de esperar comenzó á caminar con el paso estratégico del gladiador que se prepara al ataque y está alerta para no ser sorprendido.

De repente se destacó en el estrecho desfiladero la enorme cabeza de un viejo león de piel oscura y guedejas negruzcas.

¡Era Leonidas que guardaba el paso de las Termópilas!

Aquella vieja bestia, llena de celo y de rabia acababa de lanzar al espacio el rugido más imponente y más feroz que habían oído aquellas selvas, y antes de que las montañas vecinas hubieran acabado de repercutir los ecos, la enorme fiera, rápida como el rayo, había caido del aire sobre el león joven clavándole garras y colmillos; pero al primer salto y aún ciego de coraje, la noble fiera se detuvo porque el león joven jimio al sentirse herido y rodaba por la grama, impelido todavía por el formidable empuje de su adversario.

Ernesto estaba á la sazón en la tenería respirando una admósfera de chocolate, de tanatos y de descomposición animal, pero meciéndose en los sueños dorados de su amor, envaneciéndose, con la fatuidad de sus veintidos años, en haber hechizado á aquella perla de quince abriles, que era su novia y que iba á ser su esposa y que...

Era que el dios Pan, seguía tocando su flauta, y el león y Ernesto caminaban tras la felicidad.

Solo que los leones y los hombres la alcanzan por muy distintos caminos y estamos seguros de que nadie se atreverá á negarnos esta palmaria y neta aseveración..

.No obstante esto sé nos antoja que es necesario probarla.

El león, como si el creced y multiplicaos de la Biblia hubiera sido escrito solo para él, obedecía ciegamente.

Ernesto que conocía la Biblia tan bien como el león, quería multiplicarse aunque no creciera.

El león en su calidad de organismo anterior al hombre, toco el límite de progreso que en la escala del génesis universal correspondió á su especie; y armado, como todo sér viviente, para la lucha por la vida, está dispuesto á triunfar y ha triunfado siempre de todos los obstáculos. Siempre encuentra un animal mas débil que devorar, una sombra donde guarecerse del Sol, un arroyo donde apagar la sed, un lecho de hojas, una alcoba nupcial y una compañera: cumple sus deberes de esposo y de padre, mejor que el hombre, no gasta sus fuerzas inútilmente, y no desea mas que lo que necesita; es actor en su teatro y cumple su misión sobre la tierra.

Ernesto es un producto humano que brota casi al terminar el siglo XIX; quiere decir cuando hace más de cuatro milanos que desapareció el hombre primitivo, cazador y salvaje, que crecía y se multiplicaba como los leones; y aunque Ernesto conserva intacto y original el instinto sexual del hombre Aristotélico, nace en medio de esas numerosísimas falanges desheredadas, que existen en todas las sociedades modernas, y se llaman pamperismo y proletarismo; nace cuando se agitan irresolutos en el cerebro de los hombres pensadores esos grandes problemas sociales; nace cuando el desequilibrio social coloca al proletario en la forzosa disyuntiva de engendrar prole débil y necesariamente desgraciada, ó condenarse al celibato.

Y como sí las horcas caudinas del proletarismo no fueran de por sí bastantes para que una familia en prospecto esté condenada á los horrores de la miseria y á las trascendentales consecuencias de la falta de medios, Ernesto tiene todavía encima otro cúmulo de dificultades que habrán de ser indefectiblemente en el porvenir otros tantos agentes de la desgracia.

Ese cúmulo de dificultades funestas y está sintetizado en estas palabras: Ernesto era lo que llamamos *un muchacho decente.*

Vamos á esplicarlo.

Cuando el proletario en México es el hombre analfabético, nacido de la última clase, estraño todavía al movimiento moral é intelectual de la nación y gana por lo regular un jornal bastante para permitirle:

1.º Desperdiciar un día de trabajo en la semana: el Lunes.

2.º Mantener escasa pero uniformemente á su familia.

3.º Dar se el gusto de ir los Domingos á los toros.

Y 4.º Propinarse algunos litros de pulque á la semana, generalmente aunque no sea borracho, en mayor cantidad de la que prescribiría la costumbre por vía de digestivo ó de estimulante, este proletario vive sin grandes apuros. Pero cuando el proletario es como Ernesto *un joven decente* las dificultades tienen que elevarse al cubo.

Como hemos dicho ya, Ernesto es hijo de un maridito de pura raza, y como tal he aquí el resumen de los veintidos años que ha vivido.

Faltos de los recursos indispensables para la vida, los muchachos, según espresión de Doña Marianita, se han criado en la miseria.

Efectivamente; hubo día que los muchachos, ó sean los siete hijos del maridito, se desayunaron á las dos de la tarde, días en que comieron solo pan duro, y días en que no comieron nada.

Ernesto por su parte fué víctima del sarampión, de la tos ferina, de varias enfermedades gástricas y del tifo. Su constitución, pues, como se vé, ocupaba el estremo opuesto de la del león. No será por lo mismo padre de hijos atletas.

Su educación primaria había sido incompleta, por que los mariditos y las mujeres de los mariditos tienen muy poco tiempo para vigilar la educación, la conducta y la moral de sus hijos.

De manera que apenas tuvo Ernesto quince años ya sus padres no pensaron más que en convertir en productor á aquel pequeño pero voraz consumidor de pan y de zapatos y Ernesto probó á ser cajista, repartidor, revendedor de chacharas mite en el teatro, buscador de propinas en las estaciones de ferrocarril y cuanto le vino á las mientes hasta que acertó la suerte á colocarlo de vendedor de cueros por mucho tiempo sin remuneración y al fin con cuarenta pesos cada mes.

Esta renta, que comparada con el hambre atrasada que padecía, y con sus anteriores oficinas, le pareció la de un mayorazgo, empezó á tener por primeros consumidores, antes que á su madre y á sus hermanos, al sastre.

Ernesto hace olvidar hoy sus antecedentes por medio de unos botines de charol puntiagudos, un cuello de camisa cerrado, alto, justo y limpio, y una corbata de seda blanca.

Esto lo hace confundir, aunque sea á cierta distancia, con los millonarios.

¿Que más quiere?

El está seguro de que ese aspecto suyo es todo lo que se necesita en esta vida y es feliz.

Todavía más feliz que el león con sus garras, sus dientes, su valor, sus músculos de acero y su admirable instinto.

CAPÍTULO IV.

De como el curioso lector va á convenir con nosotros en que conoce á Doña Lugardita López.

ESTA. señora aunque nunca habla de su matrimonio, á pesar de lo mucho que habla de todo, es de suponerse que haya sido casada, si dato suficiente para juzgar de esta manera son sus hijos. De sus hijos, espécialmente de su Pepe, es de quien Doña Lugardita habla más que de cualquiera otra cosa.

Doña Lugardita es visita de *asistencia* de muchas casas, y es una especie de periódico de las familias, que trae, lleva y forma gacetillas *entrefilets*, crónicas, noticias y párrafos de los ocho cuarteles mayores de la ciudad.

Entra á una casa, le preguntan qué hay de nuevo y relata, no sólo como testigo presencial sino como historiógrafa y cronista todos los pormenores, circunstancias, antecedentes y condiciones de la boda de que se habla en los altos círculos.

Lola, dice, hablando familiarmente de la novia, vá perfectamente, y creo que hará con Fernando una pareja primorosa, bien es que yo sé para cuándo empezarán las dificultades; porque no todo lo que relumbra es oro, mi alma.

—¡Cómo! D.ª Lugardita, pues que…

—¡Vaya, mi vida! si cada casa es un mundo.

—Pero qué, ¿V. sabe?

—¡Qué no sabré yo! Ya sabe V. que por el beneficio de Dios tengo muy buenas relaciones. Pues ha de estar V. en que esos coches y ese boato de Fernandito, que parece que no sabe quebrar un plato, no es más que apariencia. Hoy se traman unas cosas que ¡Ave María Purísima! ¿Pasará V. á creer que ha habido quién facilite dinero sólo para que Fernando asegure el bocado? Pues ni más ni menos, mi alma. Sólo la casa de (y mienta un banquero) ha dado veinte mil pesos.... Eso sí, el capital de Lola, dá para to do; porque sólo á ella le tocan dos haciendas y todo lo de Guanajuato.

En el curso de la conversación se escapa, por ejemplo, este nombre: Vicente.

Doña Lugardita se ríe maliciosamente y exclama:—¡Ese es otro! ¿Creerá usted que el domingo en la noche no entró al palco de las sólo para pelearse con Carolina? ¿Y todo por qué? porque Carolina saludó en el paseo á ese joven de la Legación que le hace el oso. Vaya V. á ver ¡si eso es de novio!

No se puede hablar delante de doña Lugardita de una persona, sin que salte, hasta sin que se lo pregunten, contando su vida y milagros. La crónica escandalosa es su deleite: conoce á todo el mundo, porque una vez conocida por una familia, no para hasta haber logrado introducirse con todos los parientes y relaciones de la casa. En todas partes la tratan como persona de confianza, y sin saberse por qué, nadie se recata de hablar delante de Doña Lugardita, no precisamente porque depositen en ella su confianza, sino por indiferencia.

Va en el coche y lleva á los niños de tal casa á la Alameda, cuando Micaela, que es la criada de confianza, que los cuida, se vá á Celaya á pasar unas vacaciones.

Acompaña á Esther y á Lupe al comercio, cuando la costurera tiene otras atenciones.

Suple á la ama de llaves en otras partes, y se encarga de proporcionar criados porque sus relaciones son tan extensas entre la servidumbre como entre los amos y tiene la particularidad de que cuando vé á una persona, quien quiera que sea, no la olvida jamás y conserva en la memoria lugar, fecha y circunstancias en que la conoció.

Esto hace que tenga que hablar con todo el mundo, y que lo que no sabe por la ama de la casa lo sepa por el cochero, por el lacayo, ó por el caballerango, gentes á quien Doña Lugardita suele ganarse con pequeños obsequios; ella dá y recibe cuelgas de Atenogenes, el cochero de la casa N.; de Pablo, el criado de confianza de las H.; y la vida, en fin, de Doña Lugardita, es un tejido complicado de historias y cuentos, de noticias y murmuraciones; vive por diez y gasta más saliva que cualquier predicador.

Naturalmente, sus relaciones se extienden al alto clero, á las Madres del Corazón de Jesús, á algunos canónigos y prevendados, cuyas intimidades domésticas conoce mejor que nadie.

En suma, si el dramaturgo Echegaray la hubiera conocido, su drama «El Gran Galeoto,» se hubiera titulado *Doña Lugardita López*.

Y como á su verba y su facundia se agregan algunas aptitudes, Doña Lugardita tiene asegurada ya para toda su vida una numerosa clientela de donde sacar propinas, gratificaciones, desechos y buscas legales.

Se encarga en varias casas, montadas todavía á la antigua, de preparar la comida para el día del santo del amo ó de la señora; de buscar bordadoras para marcar ropa ó señoras hábiles de manos para hacer curiosidades para cuelgas.

Ya se la vé por San Lorenzo buscando unas muchachas amigas suyas muy desgraciadas pero que tejen muy bien de aguja; ya anda por San Lázaro buscando á una *doña* que rifa un cojín bordado, porque toda ella se vuelve encargos y comisiones.

Lo único que no ha podido conseguir hasta ahora, es colocar á su Pepito, que, como sabemos, está enamorado hasta la pared de enfrente. Si Pepito tuviera, en lugar de una mamá tan consentidora como Doña Lugardita, un padre enérgico y con buen sentido práctico, ya le ajustaría las cuentas por esos amores prematuros, que van á conducirlo sin remedio al centro de esa situación horrible, erizada de dificultades insuperables, nacida de altas cuestiones sociales, de las cuales esas pobres víctimas están completamente á oscuras.

Habrá á quien le parezca una extravagancia esto de desaprobar que un joven de veinte años que entra á la adolescencia sano y salvo, y que además tiene su alma en su almario, y el corazón tierno y jugoso como las calabacitas del valle, no se entregue de lleno al amor; sí señor, el amor platónico, con buenos fines, tan buenos como son los que conducen derechito al Santo Sacramento del matrimonio. ¿Qué mal hay en esto? ¿O se pretende que en lugar de esos buenos fines? No, no se pretende nada. Pura y simplemente, el autor de este libro copia por medio de un aparato que tiene, que se llama Linterna Mágica, algunos de los mil cuadros que ha visto en su vida, cuadros de lágrimas, miserias y vicisitudes que no han tenido más origen que un amor muy puro y muy ardiente, pero tanto, que ha dado al traste con el sentido común, haciendo un maridito.

Hablemos ahora de la familia de doña Lugardita.

Además de su Pepe, tiene una Virginia que parece la mera verdad, quiere decir, que es casi una persona de suposición, á juzgarla por su apariencia; porque se viste bien y con prendas que están muy lejos de pertenecer á la clase y recursos de Doña Lugardita.

Muchas amiguitas de Virginia *se hacen cruces,* según ellas dicen, por averiguar de donde procede aquel boato; aquella apariencia tan contraria á la situación que guardan la mamá y el resto de la familia. Hay, por ejemplo, entre ella, un Celso, que es la piel de Judas; tiene once años de edad y veinte de malicia, desarrapado, holgazán é incorregible. Ya conoce, merced á los buenos oficios de una amiga de Doña Lugardita, la Escuela Nacional de Artes y Oficios, situada en el barrio de Santiago; pero á la sazón lleva algunos meses de prófugo y su mamá no ha logrado todavía reducirlo.

Virginia es, pues, una incrustación lujosa en su propia familia, en cuyo seno vive por temporadas, pues casi todos los veranos los pasa en *la Hacienda.*

¿Qué Hacienda es esta y por qué pasa en ella Virginia los veranos? Vamos á explicarlo.

En una de las casas ricas, de las cuales es visita de asistencia Doña Lugardita, hay dos muchachas que siendo niñas jugaron con Virginia, á quien llevaba un día su mamá. Cayóles en gracia á las tales niñas y solicitaban frecuentemente su compañía; pero como los vestiditos raídos y humildes de Virginia eran el primer escollo para el estrechamiento de aquellas relaciones infantiles, hubieron de proveer la primera vez á aquella necesidad con los desechos, y esta prodigalidad, convertida en costumbre, ha llegado en el día á convertir á Virginia en una señorita elegante, que conoce y saluda á muchas personas de los altos círculos, y acompaña á aquellas amigas de infancia en sus excursiones al campo, en donde la consideran indispensable.

Virginia es la más desprendida de los hijos de Doña Lugardita, cosa nada extraña en nuestra raza mixta, en la que en lucha la sangre de Cuantemoc con la del Cid Campeador, forman *pigmentum* de tono más ó menos caliente según el vencedor.

Virginia era, pues, más clara que sus hermanos, y con el polvo de arroz de Coudry que la regalaban sus amigué tas, acababa de estar presentable y había tal distancia entre ella y sus hermanos que éstos, envidiosos de su buena suerte habían acabado por aborrecerla.

El hogar, pues, para Virginia, era un tormento, porque en él no estaba de acuerdo con nadie y sus únicas aspiraciones eran salir de entre aquellos muchachos desarrapados y burlones y de aquel círculo en que se sentía más mal cada día.

Ya veremos muy pronto adonde la conducen esos humos aristocráticos.

CAPÍTULO V.

La boda de Ernesto se pone en caliente.

ERNESTO, como hemos indicado, pasaba por ese período de deslumbramiento y de celo tan propicio á Himeneo, que ha logrado este Dios completar el censo de la población del mundo, aunque sea con algunos millones de proletarios; quiere decir con hombres que no tienen más representación ni importancia social que la de multiplicadores de la especie.

Las relaciones que Ernesto había contraído en relación con el giro de tenería, eran de dependientes de zapatería y talabarteros; pero su amigo predilecto, por simpatía, era un joven alemán, colocado en una mercería; era el único con quien dividía el tiempo que consagraba á su novia, y á quien acompañaba todos los domingos á tomar baños fríos en la Alberca Pane.

Como Ernesto no hablaba más que de su casamiento, el joven alemán, un tanto espantado de semejante resolución, le decía:

—Ernesto, ¿lo has pensado bien?

—Y ¡cómo si lo he pensado! ¡sobre que no pienso en otra cosa!

—Pero mira.

—Ya empiezas con tus observaciones y tus cálculos.

—Naturalmente, porque con esto creo hacerte un bien.

—¿Crees que sea un bien para mí prescindir de Rebeca?

—Indudablemente; tú no puedes casarte.

—¡Cómo no puedo! ¡y mucho que sí!

—Podrás, pero no debes.

—Estoy comprometido.

—A pesar de eso.

—Me aconsejas que falte á mi palabra.

—Sí.

—¡Por quién me tomas!

—Mira, Ernesto, no te violentes y hablemos con formalidad. En último caso harás lo que te parezca, pero escúchame, dijo el alemán con mucha calma y en tono serio.

—Di lo que quieras, contestó Ernesto, cruzándose de brazos.

—Digo que no debes casarte, porque eres muy joven y porque tus re cursos no son todavía suficientes para sostener una familia.

Mira que el casarse cuesta dinero, sostener *á* la mujer cuesta más dinero, tener un hijo, todavía más dinero.

—¡El dinero á todo y por todo! Ustedes, los extranjeros no piensan en otra cosa; y pretendes que yo, como si hubiera nacido en Alemania, me entretenga en pensar en esas ruindades.

—Y no obstante me has dicho que lo has pensado mucho.

—Ya se vé que sí.

—Entonces debes haber pensado en el dinero, en eso que tú llamas ruindades.

—No.

—Pues, entonces, en qué. Cuéntame lo que piensas.

—Pienso en que Rebeca es muy linda.

—Razón de más para pensarlo mucho.

—En que todo el mundo sabe que la quiero, en que he dado mi palabra de casamiento, en que ella ha consentido, en que la familia ha consentido, y en que, en fin... esto no tiene remedio. Yo me he de casar porque ya no es tiempo de retroceder, y á lo hecho pecho.

—¿Y los recursos:

—Dios dirá.

—¿Y el porvenir?

—Dios dirá.

—¿Y las inevitables necesidades de mañana?

—Dios dirá.

—Mira, Ernesto: aunque á veces me calificas de impío, me sospecho que Dios no ha de decir nada, y que te vas á echar por un voladero.

—¡Qué quieres, ese será mi destino! Adelante.

Estas palabras fueron seguidas de una larga pausa, como si ambos contendientes se hubieran cansado de luchar; pero, al fin, pareciéndole á Ernesto que había estado demasiado duro con su amigo, dijo:

—Ustedes los extranjeros lo ven todo de muy distinta manera que nosotros, y eso ha de consistir en que ustedes son muy fríos.

—Y ustedes, agregó el alemán un tanto picado, son todo lo contrario.—Lo cual no me pesa.

—Pues debía pesarte, porque caminas derecho á tu desgracia.

—¿Por qué?

—Te lo voy *á* probar. ¿Qué esperanzas tienes de progresar en la Tenería?.

—Ninguna. El patrón es un viejo que sustituyó á su padre en ese giro, y desde tiempo inmemorial no pagan al primer dependiente más que cuarenta pesos, y no hay ni remota idea de que las cosas cambien, porque el viejo no tiene deseos de enriquecer; se conforma y se ha conformado siempre con lo poco que gana para vivir, y no es capaz de dar un solo paso para progresar. Yo lo he calado y lo conozco bien.

—¿No le has hablado de que te de partido?

—¡Qué partido! si es más mezquino que...

—¿Luego estás condenado á vivir siempre con cuarenta pesos?

—No; porque de aquí á mañana puedo encontrar otra colocación mejor, sacarme la lotería, hacer algún negocio, en fin... tantas cosas pueden suceder.

—Pueden, ¿pero si no suceden?

—¡Cómo no!

Volvió á haber otra pausa al cabo de la cual continuó el alemán sacando un lápiz de la bolsa.

—Permíteme que hagamos la distribución de tus cuarenta pesos.

—Hagamos la distribución, dijo Ernesto resignándose.

—En primer lugar necesitas casa.

—Si.

—¿Qué has pensado en esto?

—Pues mira, por lo pronto he visto al dueño de la casa en que vivo, y me ha ofrecido agregar á nuestra vivienda un cuarto de la inmediata, aumentando la renta en solo ocho pesos. ¿Qué te parece?

—Muy bien, dijo el alemán para alentarlo, y escribió en un papel: «Casa ocho pesos.«

¿Y la comida?

—Mi mamá me ofrece que con cuatro reales diarios, nos dará de comer á los dos.

—Son quince, escribió el alemán y ocho veintitrés. ¿Y criados?

—En casa no hay más que una muchachita de trece años, y muy inútil y yendo Rebeca, necesitaremos una criada más, y, según me dice mamá, esto no costará más de seis pesos al mes con todo y comida.

—Me parece poco; pero sea, son veintinueve.

—Ya ves que me sobran todavía once pesos cada mes para todos los demás gastos. Luego me puedo casar con mis cuarenta pesos, exclamó Ernesto con aire triunfante.

—Eso es lo que se llama hacer cuentas alegres.

—¿Alegres?

—Ya verás. Y tu mamá, continuó el alemán, hace ordinariamente sus gastos sin carecer de nada?

—A veces se ve apuradilla.

—¿Y qué hace?

—No lo sé; pero ninguno de nosotros se ha muerto de hambre.

—Y tu hermana la Profesora, ¿qué genio tiene?

—Endemoniado.

—Pues mira, Ernesto. Te van á suceder dos cosas.

—Cuales.

—Primera, que cuando falte gasto en la casa tu tendrás que proveer.

—De los once pesos.

—Y cuando alguno se enferme y no haya con qué curarlo tu tendrás...

—De los once pesos.

—Y cuando...

—De los once pesos, hombre; de los once pesos.

—Quiere decir de los cinco panes.

—Como quieras.

—Ahora voy á decirte otra de las cosas que va á sucederte.

—¿Qué?

—Que tu mujer y tu hermana no van á estar en paz.

—¿Por qué no?

—Porque son carácteres opuestos, y porque las cuñadas no pueden vivir juntas.

—Pues lo que es mí hermana se aguantará.

—O tendrás que mudarte.

—Eso no.

—Suponlo.

—No puede ser.

—Suponlo.

Ernesto, después de reflexionar un momento no pudo menos que decir.

—Sabes que entonces las cosas si se complicarían.

—De modo que los cuarenta pesos no alcanzarían para nada, ¿no es cierto? Y, ¿entonces?

—Dios dirá.

Pasaban los días y Ernesto no adelantaba gran cosa prácticamente en los preparativos de su boda; pero des de luego al domingo siguiente ya no acompañó á su amigo el alemán á la Alberca Panes, porque este alemán lo conducía como de la mano á la detestable prosa de los guarismos.

Ernesto prefería mecerse solo en sus sueños color de rosa.

Lo color de rosa de estos sueños consistía en los personajes que figuraban en ellos.

El sempiterno dios Pan, su inseparable compañero, tocando en su flauta de siete carrizos, probablemente algún aire de la Mascota. El amor, á quien no le quedaba más trabajo después de haberlo herido, que tupirle las tinieblas del entendimiento. El diablo de la vanidad que le hacía creer delante del espejo, que él, Ernesto, el dependiente de la Tenería, era casi una persona y un novio á pedir de boca.

Mientras más le aguijoneaban estos personajes, mientras, más lo empujaban al precipicio, más claro veía Ernesto que lo único que faltaba á su dicha era el dinero.

—Maldito dinero, exclamaba ¡Quien había de pensar que un puñado de ese vil metal pudiera determinar, si falta, mi completa desgracia. ¡Dinero! dinero lo hay en todas partes; les sobra a muchos y otros no lo necesitan para nada, mientras que á mí me haría feliz.

Y después de soliloquios semejantes, atravesaban por la acalorada mente de Ernesto, en forma de ideas salvadoras, todas las trasgresiones de la moral y del deber.

En esto habían pasado algunas semanas, durante las cuales le pareció observar cierta tirantez en el trato, hasta allí cordial, del papá y la mamá de Rebeca, hasta que la noche menos pensada encontró á ésta llorosa de mal talante.

Como á aquellas alturas y ya en su carácter de novio oficial, podía hablar á solas con su prometida le preguntó:

—¿Qué tienes?

—Nada.

—¡Cómo nada!

—No tengo nada.

—Has llorado.

—No.

—Esos ojos...

—Me duele la cabeza.

—¿Te duele?

—Si.

—¿Mucho?

—Si.

—Mira, Rebeca, eso no es cierto. Algo ha pasado, cuéntamelo todo, ten confianza en mí. ¿Acaso han venido a maldisponerte...?

Rebeca guardó silencio.

—¡Dímelo, dímelo, por Dios!

—Pues la verdad, sí.

—¿Quién?

—No me exijas que te diga el nombre, pero ayer le han hablado á mí Papá, han venido á decirle, á más de algunos chismes anteriores de que no te había hablado, que tu no te has de casar conmigo, que no estás haciendo más que *enchincharme.*

Y Rebeca se soltó llorando.

Estas lágrimas, como si hubieran sido el resorte de una máquina de autómatas, puso en movimiento á los personajes de los sueños color de rosa, y Ernesto, como el que se echa al agua sin saber nadar, se fué en derechura al papá de Rebeca, fijando el día de la presentación preliminar del Registro Civil.

El papá de Rebeca abrió la boca y la mamá no pudo decir esta boca es mía. La novia enjugó sus lágrimas con una sonrisita monísima, y con un largo apretón de manos á su novio, que había llegado como Julio César al colmo de la gloria.

Cuando Ernesto salió esa noche de la casa de Rebeca, se paró en la calle, se echó el sombrero para atrás, y se metió las manos en los bolsillos, como sí se parara frente á frente de su situación, y sintió que recorría su cuerpo el calofrío del espanto, y que sus piernas se doblaban con la laxitud del horror á lo desconocido.

Su sistema nervioso apenas resistía á aquel terrible sacudimiento moral, al grado que el dios Pan soltó su flauta, el amor su saeta y la vanidad su espejo.

Por medio de uno de esos sorites que el hombre suele forjarse en las situaciones difíciles, Ernesto encontró la solución de aquella situación insostenible, en esta luminosa idea:

La Cantina.

La encontró abierta, como encuentra abierta la puerta de la cárcel el delincuente. Pidió ajenjo, y se lo estaban sirviendo cuando le tocó el hombro un amigo suyo, zapatero, que estaba ya á *medios palos*, quiere decir, dispuesto á todo; por lo cual el encuentro de Ernesto le venía de molde.

Hacemos gracia al lector respetuosamente del relato de lo que hicieron Ernesto y el zapatero aquella noche, pero los sueños color de rosa subieron de tono, y cambiaron de personajes. Eran entonces el mofletudo Baco y la Diosa de la hermosura los que presidían, y el zapatero, que era un pobre diablo desheredado de la suerte, buscaba en medio de la atonía dé la desgracia, los funestos aturdimientos de la crápula.

Aquella noche había ocurrido á la cantina en busca de expansión y de emociones, y Ernesto se le había aparecido como el genio de una comedia de magia.

El alcohol que tiene la rara virtud de torcer, sin arte, las clavijas del alma, pone en inusitada actividad algunas facultades, muy especialmente las del amor.

Por medio de esta discordancia, el borracho suele ser la criatura más amorosa del mundo. Todas las facultades afectivas del zapatero se consagraron á Ernesto; se sentía ardiendo de amor por él, queriendo á toda costa probarle su cariño y su amistad.

Llevaba bastante dinero en los bolsillos; de manera que Dios los crió y el diablo los juntó aquella noche hasta la madrugada del día siguiente.

CAPÍTULO VI.

Las cuentas tristes y las cuentas alegres.

Doña Marianita Quijada, había dormido mal. Había estado llena de temores por su hijo.

Llegó este á las seis y ya Doña Marianita barría su casa. Al ver entrar á Ernesto no pudo contenerse una exclamación,—Ernesto! dijo, en que cuidado me has tenido;

—Cuidado! repitió Ernesto de mal humor; y en tono bastante destemplado para ser de un hijo, continuó. Ya le he dicho á V. que cuando venga tarde ó no venga, V. debe estar tranquila.

—Ojalá pudiera!

—Siempre me sale V. con la misma! ¡Ojalá y pudiera!

Debe V. considerar que los hombres tenemos nuestros compromisos; y sobre todo, ya soy mayor de edad.

—Por eso no te reprendo, hijo mío; pero no puedo evitar el tener cuidado por tí.

—Pues en ese caso no debe V. decírmelo.

Había dos motivos para que Ernesto tomára aquel tono; el primero, era el carácter que Doña Marianita Quijada había llegado á asumir respecto á sus hijos. Su exesiva bondad había llegado á convertirse en mansedumbre, y su abnegación en servilismo. Era de esas mamás que abdican sus fuerzas, su predominio y su superioridad de madre, por ignorancia de sus deberes, dejándose mal aconsejar por un amor mal entendido, que pasa de la abnegación á la abyección.

La otra causal explicativa del tono agrio de Ernesto, era la sociedad de la orgía; ese reproche íntimo que se levanta en la conciencia del que delinque.

—En fin dijo Ernesto. He sabido que el Licenciado le entregó á V. ya los doscientos pesos.

—Sí, ya los tengo.

Y porqué me lo había V. ocultado?

—Esperaba la oportunidad.

—Pues ha llegado ya; me caso.

—Cuando.

—El mes que entra.

—Que has hecho! esclamó Doña Marianita espantada por instinto.

—Que he de haber hecho; pedir á Rebeca, y debía V. suponérselo.

—Sí, pero yo no creía que tan pronto.

—Tan pronto!... Al mal paso darle prisa.

—¡Al mal paso!

—Quiere decir, que si al fin esto no tiene remedio, es mejor apresurarlo.

Doña Marianita refleccionó.

—En fin...

—En fin qué?.

—Observo que todo eso me lo dices como apesarado, no te veo contento, parece que vas hacer un sacrificio.

Esta observación era justa, y Ernesto no pudo más que rendirse á la evidencia.

—Deme V. mi desayuno, porque ya me voy.

Doña Marianita obedeció dirigiéndose á la cocina.

Habían pasado ya dos domingos sin que Ernesto y el alemán se bañaran juntos.

El alemán había comprendido que Ernesto no quería oirlo; pero se creía en el deber de hacer todos los esfuerzos posibles para disuadir á su amigo de la descabellada resolución de casarse, y buscó á Ernesto á la hora en que este salía de la Tenería.

—Mira Ernesto, le dijo, ya se que te son molestos mis consejos; pero creo que es un deber mío dártelos porque te quiero.

—En vista de tu buena intención dime lo que quieras.

—Me gusta verte resignado; escucha. Me he puesto á hacer la cuenta de lo que una persona de tu clase necesita para vivir en México, de lo que necesita para casarse y luego de lo que necesita para poner casa, mantener á su mujer, vestirla, etc., etc.

—Y no has hecho cuenta también d e lo qué cuesta el primer muchacho? preguntó Ernesto en tono de burla.

—Precisamente sí, contestó con calma el alemán.

También he formado mi presupuesto de lo que cuesta un niño.

—A ver, á ver! eso ha de estar curioso. ¿Cuántos niños has tenido tú para saber esas cosas?

—Ninguno, pero me he informado de los gastos, he preguntado á personas esperimentadas, y he podido formar mi presupuesto con alguna exactitud.

—A ver el presupuesto del niño!

—No, procedamos por orden. Primero por el presupuesto de la casa

—Ya te dije como he arreglado ese punto.

—Bueno, pero este presupuesto es para cuando te mudes por la urgente necesidad en que vas á verte de vivir sólo.

—Bueno á ver el presupuesto.

El alemán sacó un papel y leyó.

—Hoy no se puede conseguir una casa, ni aun en barrio lejano, con sala, recámara, comedor y cocina por menos de veinticinco pesos. Es cierto?

—Sí; pero ponía de á quince.

—Comida para tres personas incluyendo alumbrado y demás gastos menudos, un peso diario, y quince de la casa son cuarenta y cinco, y cinco de una criada son cincuenta.

—Cabales.

—Ahora ropa, calzado, lavandera, cigarros, cerillas, tranvías y dinero de bolsillo, cuarenta pesos.

—Es mucho.

—Si entramos en detalles verás que falta.

—Sean pues los cuarenta pesos.

—En suma el tipo de gasto de la vida en México de un matrimonio sin hijos es de cien pesos, viviendo con el órden más estricto, con la mejor salud y con inteligente economía.

La inteligencia de ésta economía consiste en apartar mensualmente, quitándolo aun de los gastos ordinarios indispensables, una cantidad que esté en razón directa de la proporción que hay entre el gasto total de la vida de la población, y el monto de lo recaudado por los médicos, los droguistas y los boticarios.

Si éstas dos cifras pudieran sacarse, al compararlas se vería que la contribución de la salud es la más fuerte de todas las contribuciones en el promedio de diez.

De manera, que debe de considerarse como mínimum de esta contribución, un cinco por ciento del haber personal ó sean en el tipo de cien pesos sesenta al año, en concepto de que sin esta previsión, el primer tifu, á la primera bronquitis, desnivelará tu presupuesto para siempre.

Como se vé, Ernesto estaba colocado en una posición de la que no podía retroceder. Voluntariamente había elegido el peor camino. Quiere decir, había hecho lo que todos los seres racionales cuando tienen que elegir entre las sugestiones de la razón y de la prudencia, y las sugestiones de las pasiones; se había dejado llevar por el sentimiento. No había vacilado entre el amor de Rebeca y los buenos consejos del alemán.

El amor se había recargado como siempre en la balanza y había triunfado.

En cambio el león que no disfruta de la admirable prerrogativa del raciocinio, ni tiene la pretensión arrogante de ser el rey de la creación, ni tiene otros muchos humos, sólo propios del hombre, agobiado y mal trecho por el escosor de sus heridas y por la pérdida de su sangre que restañaba con su saliva, había discurrido de esta manera.

No es bueno oponerse al poderoso.

No sabemos como formularía este pensamiento pero lo formuló sin haberlo tomado de ningún folósofo.

Leonidas, esa bestia formidable tiene triple fuerza que yó; y cuantas veces me le atreviesa en su camino me ha de hincar los comillos y las uñas. El es dueño de la leona, de aquella leona... Este es el punto preciso adonde el hombre coloca los suspiros.

Los leones deben hacer algo por el estilo, pero no lo sabemos á punto fijo.

El león herido permaneció muchas horas echado y lamiéndose hasta que sintió sed.

En la forma clásica y sencilla en que los leones formulaban sus ideas, despúes de formular la palabra *vencido* pasó á esta otra *Agua*.

Quiere decir que en la estricta lógica de la propia conservación, obedecía á la necesidad de recurrir á la agua, que es la vida del organismo, mientras Ernesto recurría al recurso atentatorio de tomar agenjo, que es el veneno del organismo. Y esto era porque Ernesto es un ser inteligente y el león una simple bestia. Razón sobrada para que mientras los leones hacen al pié de la letra todo lo que deben hacer, los hombres ejecuten todo género de barbaridades.

Ernesto de grado y con todo conocimiento de causa, se había colocado en una posición en la que todo habían de ser dificultades y por consiguiente sinsabores

En medio de todo ya sabemos como Ernesto quería ser garboso, como su padre; y las razones que tenía para ello eran estas.

Tenía Rebeca dos amiguitas y eran las tales de esas gentes que se le paran á uno enfrente, que lo encuentran en todas partes, que siempre tienen diez preguntas que hacer, que se ocupan de nuestros asuntos con un interés que no tiene fundamento; que están siempre al tanto de lo que nos pasa, que usan de una confianza y una familiaridad para que no se les ha facultado.

En cuanto á su respecto físico eran espigadas y huesosas, de talle largo y manos enjutas. En cuanto á su ocupación, eran violinistas. Quiere decir aprendían á tocar el violín en el Conservatorio, á cuyo Director le llamaban Alfredo Ballot á secas, al señor Morales, Melesio Morales y así á todos sus superiores. Vaya! con decir que al Presidente de la República le llamaban simplemente Porfirio, está retratada su llaneza.

Quien sabe si algo de esta llaneza sea indispensable á una señorita para tocar el violín, pero ello es, que las dos violinistas se parecían en muchas cosas. Se las veía todas las mañanas invariablemente, cargando el instrumento de Paganini en una funda de bayeta encarnada, y seguidas, aunque cada una por distinto rumbo, por una señora, que debía ser la mamá y en cuya fisonomía se había quedado ya, como estereotipada, una sonrisita arrancada por cada transeúnte que se quedaba viendo á la muchacha y al violín.

Parecía que la mamá iba diciendo: Figúrense ustedes que ocurrencia de mí hija tocar el violín!

Efectivamente, la violinista todavía no prende entre nosotros, pero prenderá, seguirá lógicamente á las meseras, y debutará en los cafetines, seguirá en los títeres y después se injertará entre los violines del Teatro Principal. Entonces empezará á desaparecer la sonrisita estereotipada de las mamás, que ahora contemplamos todavía como mortificadas.

Pués bien, estas dos violinistas no dejan á Rebeca un momento; porqué ó la van á visitar para imponerse de sus asuntos, ó le tocan escalas frente á su puerta en la vivienda de enfrente, hasta ponerla nerviosa.

Las violinistas son su almirote. Y estas son las que con sus llanezas y sus confianzas están picando el amor propio no sólo de Ernesto y de Rebeca sino de las respectivas familias.

Ya dan en qué si el gró para el vestido no puede ser de á peso la vara por qué es tramado, de si la ropa interior debe indispensablemente llevar encajes y tejidos y randas como toda ropa de novia, ó ya que es muy ridícula una nóvia con medias de á peseta.

Todas estas observaciones forman una especie de código á que se sujetan, aunque rabiando los padres de Rebeca y Ernesto para quién cada paso es una nueva dificultad y un guarismo más al presupuesto. Pero ejercían tal influjo en su ánimo estas opiniones que no se sentía con valor para contrariarlas.

Aquel presupuesto iba creciendo como bola de nieve, al grado que, los doscientos pesos del Licenciado y todas las trazas que hasta aquí había pensado Ernesto en darse, habían pasado ya á la categoría de utopias irrealizables, y era preciso dinero mucho dinero para casarse, de lo que resultaba que aquel maldito alemán tenía mil veces razón; pero ya no habia remedio. Era necesario afrontar la situación; de manera que mientras el pobre alemán ya no lograba cambiar dos palabras con Ernesto, el zapatero, aquel zapatero en quien el agenjo habia despertado un grande amor por su amigo no se separaba de él un momento.

Y cosa rara! como si el zapatero fuera el genio tutelar de Ernesto, todo le iba saliendo á éste á pedir de boca.

Estaba siendo ya hasta garboso como su padre.

Las violinistas habían dado su sanción, y estaban satisfechas, y Doña Marianita Quijada se espantaba.

Es mucho Ernesto este muchacho; está haciendo milagros, mi alma; le decía á una amiga. Si viera V. que bien está quedando con sus donas...

—¡Oiga!

—¡Vaya! Que tal será donde las violinistas no han podido meter la tijera, y ya las conoce V. que son criticonas como pocas.

Efectivamente, Ernesto no se paraba en gastos; todo le estaba costando tres veces más de lo que se había propuesto; y entre todas las personas que lo contemplaban no había una sola á quien le ocurriera censurarlo; por el contrario, todas no tenían más que elogios para Ernesto, á quien suponían en el colmo de la abundancia y la felicidad; pero si alguno lo hubiera observado atentamente, le hubiera podido notar un gesto extraño, un gesto muy parecido al del espanto; pero á nadie le pasaba por las mientes que por las de Ernesto pasara en aquellos momentos nada desagradable.

Este gesto peculiar de Ernesto, este gesto que nadie estudiaba, que ninguno había notado, y que, no obstante, alteraba sustancialmente su fisonomía y su aspecto, no era más que la diferencia que existe entre las cuentas tristes y las cuentas alegres.

CAPÍTULO VII.

Antes de la boda.

ERNESTO siguió imperturbable su camino y proveyó con largueza á todas las necesidades y atendió solícito á las menores emergencias. Según la voz popular, todo había caminado hasta allí viento en poca. Lo único que se le había estado dificultando conseguir á Ernesto, era un padrino rico; necesitaba un personaje y no sabía cómo alcanzarlo, porque convidar de padrino de la boda á su patrón, al dueño de la tenería, era de mal tono. Era el tal un viejo huraño casi intratable montado á la antigua, sin relaciones y sin nada que pudiera lisonjear la vanidad de los contrayentes. Era preciso conseguir un personaje. Ernesto necesitaba á toda costa un personaje, porque tal vez había de necesitar mañana de alguna persona de posición y de influencia.

Vamos á ver cómo y de qué manera surgió ese deseado personaje.

Después de una semana en que las dos violinistas habían hecho con sus ingratos instrumentos más estragos que nunca en el sistema nervioso de los vecinos, las filarmónicas entraron una noche de visita en casa de Rebeca.

Buenas noches, chula, le dijeron á ésta besuqueándola. Buenas noches, Loretito, le dijeron á la mamá de Rebeca.

—Buenas noches, niñas, contestó ésta. ¿Qué dice el violín?

Casi no se podía hablar á aquellas niñas de otra cosa que del violín.

Invariablemente todos les hacían la misma pregunta; y es que esta es una de las actitudes más originales que puede tomar una mujer.

—Qué ha de decir el violín, contestó una de las filarmónicas. Ya habrá usted notado cómo hemos estudiado en estos días.

—¿Y por qué ahora más que antes?

—Cómo, por qué, Loretito de mi alma; figúrese V. que vamos á tocar en un concierto las variaciones de Beriot.

—¡Ah, bueno, muy bien! exclamó Doña Refugio.

—Esos son muchos adelantos, agregó Rebeca.

—Figúrense ustedes, agregó la más locuaz de las dos violinistas, que Laurito Beristain se ha empeñado en presentarnos.

—¿En alguna fiesta, dijo Doña Refugio?

—En un concierto particular. Han de estar ustedes, que de hoy en ocho es el cumpleaños del coronel H, y en ese día quiere estrenar su casa.

—¿Qué casa?

—Una muy bonita que ha estado haciendo y que se ha empeñado en que se acabe para el día de su santo; y con este motivo habrá primero en la mañana la bendición de la casa, luego gran comida, desde las cinco de la tarde concierto y luego baile.

—Va á estar eso muy bueno, dijeron á un tiempo Rebeca y su mamá.

—Pero no crean Vdes que somos tan egoístas que no las convidemos, dijo la violinista.

—Precisamente á eso venimos, agregó su compañera. Venimos á convidar á ustedes para todo, para la bendición, para la comida, para el concierto y para el baile.

—Pero... objetó Doña Loreto.

—No hay pero que valga; van todos y vá también Ernesto, ¡No faltaba más!...

—Por supuesto, agregó la otra violinista, ¡cómo había de ir Rebeca sin... sin su novio, pobrecita! Además, que nosotras estamos facultadas para invitar, porque como somos del concierto... agregó con un dengue de modestia cursi.

Excusado es decir que quedó aceptada la invitación y que todos se propusieron pasarse un buen día y una buena noche.

Después de una semana de preparativos llegó el día deseado. Desde muy temprano estaban las violinistas vestidas de blanco y Rebeca de azul, con un vestido que le había llevado Ernesto.

La casa del Coronel no estaba situada en el centro de la ciudad, sino en uno de los barrios nuevos. Había á la puerta una banda militar y como doscientos *dilettanti* de baja estofa, que acudían al ruido.

Cuando llegaron nuestros conocidos ya estaba revestido el padrecito y encendidas las velas.

No había motivos serios para suponer que entre aquellas paredes frescas se hubieran albergado los diablos, porque no tenían objeto; pero el sacerdote procedió como si allí estuvieran todos juntos, y hacía de cuenta que en cada rincón estaba cuando menos uno á juzgar por los sitios á donde se dirigían los conjuros en latín y los asperjes de agua bendita. Algunas devotas se encargaban de regar flores deshojadas allí donde ellas suponían también que acababan de huir los demonios.

La conciencia del Coronel podía estar tranquila respecto á su casa por lo menos, en lo que incumbe á seres invisibles.

La comida era en el jardín, bajo una enramada hecha *ad hoc*, y el *menú* se componía de platillos mexicanos. Había barbacoa hecha por un famoso exladrón, quiere decir, por un rural muy valiente y muy ginete; mole de guajolote, enchiladas, fríjoles, tortillas calientes y barriles de pulque.

Había rancho, según decía el coronel, como para doscientas altas, pues como tales contaba á sus convidados.

Circularon profusamente copas de Catalán y de Tequila, servidas por algunos sargentos.

La concurrencia era heterogénea; casi nadie se conocía; oficiales del cuerpo de rurales, familias de oficiales que se veían por la primera vez, el sacerdote que bendijo la casa, el arquitecto, el sobrestante, los españoles que le vendieron los licores al Coronel y otras personas.

En cuanto á servidumbre, era más numerosa de lo necesario, y toda estaba formada de soldados y mujeres proporcionadas por éstos, y de multitud de vecinos que habían ido á ofrecer sus servicios, para probar la barbacoa.

Completaban aquel compuesto abigarrado un centenar de muchachos y otro de perros.

El Coronel, según expresión de la mayoría de los concurrentes, *estaba muy jalado*, y según observación personal nuestra, le tocó sentarse junto á Rebeca...

De manera, que cuando Ernesto salió de la casa del Coronel, ya tenía padrino para su casamiento.

A las cinco y cuarto terminó la comida é iba á seguir el concierto. Las violinistas ya estaban en la sala afinando y poniendo pez á sus arcos.

La música iba á declinar, según el sentir de aquella concurrencia, porque no iba á hacer tanto ruido como la banda militar.

El Coronel, en vez de disponerse á oir las variaciones de Beriot, se instaló con diez ó doce de sus amigos en una pieza retirada, donde les esperaba una mesa con carpeta verde. Se permitía, pues, esta y otras de esas pequeñas libertades que están tan en boga, especialmente entre los prójimos recientemente habilitados.

Este Coronel, por ejemplo, antes de hacer casa, era lo que se llama un manso de corazón y un pobre de espíritu; quiere decir, un bienaventurado de los del Padre Ripalda, por dos distintos lados; pero desde que enriqueció, ¡qué manso de corazón había de ser! Parece que el dinero, infundiéndole nuevo espíritu, hizo llegar á su completo desarrollo sus facultades afectivas y se volvió amorosísimo. Desde entonces saludaba á sus amigos abrazándolos y les habla con más familiaridad que antes; se ha vuelto chancista y siempre tiene un chiste ó un dicho para cada uno. Esto con los hombres. Ahora, en cuanto á las mujeres, eso es lo que hay que ver. En primer lugar, le gustan todas, y antes le gustaban nada más algunas; y luego es tan dadivoso y tan francote y tan rasgado, que dá gusto verlo. Le dá gusto á él mismo que le hablen de sus aventuras galantes, se pone tan hueco y tan risueño. En fin, el Coronel es completamente feliz. Nunca pudo figurarse que esta triste vida estuviera rodeada de tantos atractivos.

Doña Loreto, la mamá de Rebeca, estaba encantada con el Coronel.

—Qué dices, que hombre tan franco, le decía á su hija. Si no hay como la gente de mi tierra. Y díme, á todo esto, cómo estuvo lo del padrinazgo; pues hasta ahora no me has dicho...

—Pues nada, que me dijo que él sería el padrino.

Si, pero ¿cómo supo que te ibas á casar?

—Pues nada, continuó Rebeca, afectando mucha naturalidad. Pues... primero empezó con puras flores, ya sabe V., hasta que me preguntó si tenía yo novio, y le dije que sí y le enseñé á Ernesto, que estaba precisamente frente á nosotros.

¿Y se va V. á casar? me preguntó.—Sí, señor.—¿Y pronto?—Sí, muy pronto, ya fué la presentación.—Pues si se casa V., me dijo luego, yo soy su padrino. Yo ví entonces á Ernesto, y como lo oyó, me hizo seña de que sí.

—¿Qué dice V.? me preguntó el Coronel.—Pues que sí, le dije, y eso es todo.

—Pues no te pesará, le dijo á Rebeca su mamá, porque este hombre sabe hacer las cosas. Tú dirás, dicen por ahí las soldaderas, que se mataron cuatro carneros y doce guajolotes.

—Como que hay tanta gente, dijo Rebeca.

A eso de las cuatro y media de la mañana, cansados y soñolientos, atravesaban la ciudad Ernesto y Rebeca, tomados del brazo y seguidos á alguna distancia por Doña Loreto y su marido, los niños, las violinistas, sus respectivas mamás y otros convidados, entre los que se contaba el zapatero amigo de Ernesto que había estrenado flux.

Ernesto se fué al día siguiente muy contento á la tenería, porque había encontrado á su hombre. El zapatero se fué á sus zapatos y las violinistas al Conservatorio.

Fué necesario que el Coronel le hiciera la primera visita á su ahijada y un domingo se presentó muy endomingado y acompañado de Ernesto en casa de Rebeca.

Iba vestido de negro, de levita cruzada, botines de charol y sombrero alto. Un brillante rodeado de perlas sobre una corbata blanca con líneas rojas, y por estar en todos los detalles de la coquetería masculina, este alfiler no ocupaba el centro de la corbata sino un lado, como se lo había visto á un jóven del Jockey Club.

Llevaba además anillos en los dedos y bastón de carey con puño de oro.

Rebeca saludó con una especie de respeto y Doña Loreto con una especie de confianza inspirada por la llaneza del coronel.

Hizo una visita muy larga durante la cual y evocando los recuerdos de la pasada fiesta, quedó convenido en que la boda se verificaría en la casa de campo del Coronel, que sacrificarían otros cuatro carneros y otros doce guajolotes, que volverían á tocar las violinistas y que leería unos versos un jovencito de la vecindad que lo hacía muy bien.

No había por supuesto frases con que elogiar al Coronel en aquella casa donde este personaje encontró ocasión tan propicia para darse importancia.

Doña Marianita Quijada estaba como orgullosa de aquellas proezas de su hijo; y hasta la Profesora, con todo y su tirantez había ofrecido llevar á dos jovencitas discípulas suyas que cantaban muy bien y tenían muy bonita voz.

La buena de Doña Marianita se había reducido á asombrarse de lo que ella llamaba las proezas de Ernesto; pero no le había pasado por las mientes preguntar de donde estaba brotando aquel dinero. Tan buenas así algunas mamás que no se atreven á pensar mal de sus hijos.

Una mañana bajó Doña Loreto á uno de los cuartos del patio de su casa.:

Vivía allí una mujer á quién todos le decían Pachita. Era baja de cuerpo y de carnes casi del todo consumidas, su cútis ostentaba esa tinta verdosa y opaca de las epidermis que no se han puesto en contacto con el jabón en largo tiempo; y sus cabellos enteramente negros estaban erizos y apagados como los de una peluca guardada, padecía de cálculos biliares y de enfisema pulmonar; tenia las manos largas y huesosas y tan flacas que no podían ocultar su anatomía. Á pesar de esto Pachita había sido una linda muchacha de mucho atractivo. Pero se había operado en ella esa espantosa transformación con que la miseria y la desgracia hacen olvidar la juventud y la hermosura.

—Como le va á usted Pachita le dijo Doña Loreto.

—Buenos días Doña Loretito.

—Como se siente usted.

—Hoy no he tosido tanto como ayer apesar de la costura, bendito sea Dios.

—Está usted muy adelantada?

—Hoy quiero acabar las camisas.

—Tan pronto!

—Yo coso muy aprisa.

—No había necesidad de atarearse tanto.

—Ay mi alma, por el dinero es uno capaz de hacer prodigios.

—Es cierto, pero recordará usted que mi marido está muy gastado y hasta la otra semana pues... pasado el casamiento por que antes ya puede usted figurarse como estarémos de gastos.

—Tenía esperanza de tomar mi medicina antes del sábado para ver si evito el ataque que ya se anuncia. Cuando tomo esas cucharadas se me retarda.

—Quizá querrá Dios que no le venga á usted ahora el ataque. Ya lo verá usted, yo le aseguro que lo peor que hay para las enfermedades es la aprensión.

—Sea por el amor de Dios dijo Pachita entre dientes. Acababa de adquirir la convicción de que el Domingo siguiente estaría gritando de dolor.

—Doña Refugio sintió la necesidad de cambiar de conversación.

—¿Y cómo están los niños?

—Carlos, allí está durmiendo, el pobrecito; como no se levanta más que para arrastrarse hasta mis pies, lo dejo dormir.

—¿Carlos es el cojito?

—Sí, el cojito; y si viera V., ya el niño del Licenciado está bueno, ya anda sin muletas. A los dos los vió el doctor Lavista, pero yo no pude conseguir para el aparato; costaba veinticinco pesos, ni medio menos, y nada, ni fiado me lo quisieron dar.

—¿Y los otros niños?

—Los más grandecitos me los colocó ya mi compadre don Miguel en Loreto, en la escuela de artes. Dicen que allí los educan y les dan oficio.

—Pero dicen que allí van nada más los muchachos malos, quiero decir, los incorregibles.

—Hay también muchachos buenos, y los míos van á estar entre los buenos.

—Pues, yo, no metería á un hijo mío.

—Teniendo que darles de comer ya se ve que no;pero estas hambres, Doña Loretito, estas hambres... Figúrese usted que en la semana pasada nos quedamos todos sin comer varios días, y no tiene V. una idea, Doña Loretito, de lo que yo sentía cuando me pedían de comer mis hijos, sin tener que darles. El viernes comimos todos la cazuelita de frijoles fríos que nos trajo Florencia. Si no hubiera sido por eso, nos acostamos otra vez sin probar bocado. El pobrecito de Luís consiguió medio de pan.

—¿Y cómo hizo?

—Fingió en el tendejón que se le había caído medio, y lo hizo tan bien, que le dieron el pan.

Era noche; nos reímos mucho porque Luís tiene mucha gracia para platicar y nos divirtió contándonos la escena del tendejón, y con la disputa con sus hermanos que le echaban en cara no haber pedido un real.

—¿Y la niña?

—Anda en la calle vendiendo las puntas.

—¡Todavía!

—Hace dos semanas que las nada corriendo, y lo más que le han llegado á ofrecer son doce reales, cuando usted misma me dijo que valdrían ocho pesos.

—No, si son las gentes, exclamó Doña Loreto.

En esto llegó Altagracia, que así se llamaba la hija de Pachita. Era una muchacha alta y delgada, de pelo rubio, que frisaba en los catorce años, y ya revelaba, por lo macilento de su rostro, los horrores del hambre:

—¿Las vendiste? le preguntó Pachita.

—No, mamá; ahora me ofrecieron un peso.

—¿Y quién fué esa infame? preguntó Doña Refugio.

—Doña Marianita Quijada, dijo con naturalidad Altagracia; cómo me dijo V. que las llevara.

Doña Loreto hizo un movimiento.

—Figúrese usted, continuó Pachita dirigiéndose á Doña Loreto, como se va á casar su hijo me figuré que bien podía comprar ese ruedo para regalarle unas enaguas á la novia. ¡Ernesto está gastando tanto dinero!...

—Con qué no las quiso, dijo Doña Loreto dirigiéndose á Altagracia.

—No, señora.

—¿Y qué dijo?

—Que no, por que ya tenía todo lo necesario.

—Echadora, dijo Doña Loreto. No, pues por doce reales, que es lo más que han ofrecido, yo las tomo.

—¿Al contado? se atrevió á decir Pachita.

—Cuando digo que yo las tomo.

—Lo preguntaba porque como me acaba V. de decir que su marido de usted está muy gastado, y que hasta que pase la boda...

—Sí, es cierto; pero esto es aparte.

—Hija, ¿no tomas tu atole? le preguntó Pachita á Altagracia.

—No, mamá; ya tomé mi sandwich.

—¿Qué sandwich?

—El que me dá Don Librado.

—¿Quién es Don Librado?

—Don Librado, el español de la tienda de la esquina; siempre me ofrece sandwich ó pasas, y yo no lo tomo porque me da vergüenza, pero ahora tenía mucha hambre y me lo comí.

Pachita cerró los ojos por un momento como si viera un precipicio; pero guardó silencio.

—Además, aquí está este medio que me dió un señor.

Pachita lo tomó pensando que era el único dinero que había en la casa. Se limpió una lágrima con el dorso de la mano derecha y siguió cosiendo.

Doña Loreto se despidió llevándose el tejido. Pachita pensó que podría con el mes de trabajo empleado en aquel tejido tomar sus cucharadas.

Pachita, Altagracia, los dos corrigendos y el cojito, eran la familia de un maridito que había acertado á morirse de tifo el año pasado.

Pachita no había tenido más época bonancible en su vida que su luna de miel. Su marido también había sido garboso como Ernesto. En aquel cuarto desmantelado y sucio, de paredes ensalitradas, permanecía todavía clavada junto á un retrato de Zaragoza la fotografía que representaba á Pachita vestida de novia, con velo y corona, tomada de la mano de un jovencito trigueño y desmedrado, con sus guantes blancos fuera de foco, y en antiartístico contraste con su compañera, que en la flor de su edad estaba rozagante. Después de la luna de miel empezó á caer hiel gota á gota en el corazón de Pachita. Vinieron las penurias, el hambre, el malestar, la bilis, la guerra doméstica, las lágrimas, la desesperación y por fin esa terrible caída de los desgraciados que ruedan del dolor á la disipación. El marido de Pachita se prostituyó y se murió en seguida.

CAPÍTULO VIII.

El día y la noche de la boda.

ERNESTO no vaciló en pagarle al señor juez Don Enrique Valle los honorarios que se cobran por casar á las gentes en su casa. La de Rebeca en la noche de la ceremonia estaba atestada de esas gentes que sin ceremonia asisten á todas las ceremonias; de manera que aquella concurrencia era la de todos los vecinos de la casa que, sin más derecho que el de vecindad iban á ver como se casaba Rebeca.

Hasta Pachita, cargando á su hijo el cojo se había parado á la puerta.

El zapatero, para ser parte integrante, tenía la investidura de testigo de Ernesto. El otro testigo no era el alemán, sino un amigo del Zapatero.

Por parte de Rebeca, uno de sus testigos era don Arcadio, muy conocido en el barrio porque prestaba dinero con un real en el peso y había sacado generosamente de más de cuatro apuros á casi todos los presentes, en varias ocasiones.

También Doña Lugardita López, con todos sus hijos, formaba parte del cortejo que apenas dejaba lugar en la sala, al Juez del Registro Civil y á los novios.

—Hay cosa \ de pasteles, dijo un muchacho, y se produjo entre los muchos que allí había un ¿movimiento como el de nueces en un plano inclinado.

Efectivamente, apenas concluyó la ceremonia empezaron á circular pasteles y copas de licor. Se sentaron los que pudieron, se retiraron los que lograron pastel y antes de las diez la vivienda de Doña Loreto estaba despejada. Quedaban solo las personas distinguidas (todo es relativo), quiere decir el Padrino, Ernesto, el Zapatero, don Arcadio, don Librado, el español que le daba sandwich á Altagracia y otras gentes formales.

Rebeca pasaba por ese período de aturdimiento propio de los preliminares del matrimonio; era aquel un asunto demasiado grave y demasiado abstracto, para que la pobre inteligencia de aquella pobre niña de diez y seis años pudiera analizarlo. Se dejaba llevar de su alboroto infantil y tenían más importancia para ella el velo, los zapatos y los azahares, que el cambio de estado, la felicidad y el porvenir.

A Ernesto le sucedía otra cosa distinta; estaba impaciente, deseaba á toda costa que acabara de pasar todo; le parecía que el tiempo andaba muy espacio; estaba preocupado, hablaba poco y sólo de vez en cuando cambiaba algunas palabras con el zapatero.

—¿Cómo se siente tu patrón? le había preguntado éste.

—Muy malo, contestó Ernesto.

El zapatero, que tenía una boca muy grande y unos labios muy gruesos, no pudo ocultar que había articulado entre dientes esta palabra:

—¡Magnífico!

El patrón de Ernesto estaba atacado de la tercera pulmonía que le daba en el año; pero en esta vez el tratamiento se había prolongado. Llevaba, pues, Ernesto veinte días de despachar solo la Tenería, precisamente los mismos que llevaba de hacer el papel de rico. No obstante, según los informes que recibía el patrón por las noches, su casa prosperaba.

A las once se retiraron todas las visitas y Doña Loreto obligó á toda la familia á acostarse para estar listos á las cuatro de la mañana.

El coronel lo tenía ya todo listo; la matanza estaba consumada y molían chile afanosamente más de ocho mujeres en la cocina. No habían dado las cinco de la mañana cuando los hermanos menores de Rebeca despertaron por un fuerte olor á extracto de mil flores con que una vecina comedida que se daba de inteligente en materia de matrimonios rociaba todas las prendas de ropa de la novia, con una minuciosidad cómica, había perfumado las medias, las ligas, las botas de raso, el corsé y toda la ropa. Los muchachos abrían un ojo ávido entre el montón de trapos que los cubría á todos juntos, y contemplaban el perfil de Rebeca que á la sazón estaba ya peinada, calzada y en corsé, esperando solo el gran vestido blanco que había desalojado de un rincón de la pieza á dos de los muchachos.

Mientras perfumaba ropa la vecina inteligente, conversaba con Doña Loreto, contándole el pormenor de sus dos matrimonios y de cómo en el primero había gastado un pomo de triple extracto de heliotropo, y en el segundo matrimonio dos pomos; de tal manera que, al año, seguía oliendo su ropa.

—A mí me gustan mucho los perfumes. Loretito, porque me dé V. gentes que huelan á cochambre, porque como una lava y guisa y hace tantas cosas en la casa, es necesario... pues, y para casarse... Pues ya le digo á ustedes dos pomos de á diez reales, pero, eso sí, cuando entré á la Santa Veracruz hasta el sacristán abría las narices. Como se lo estoy diciendo á V., Loretito, por muy bien empleados di mis veinte reales de esencia de heliotropo, que me muero por ella.

Aquí la locuaz vecina se interrumpió para ordenar á una criada que le hirbiera á Rebeca una taza de hojas de naranjo.

Todo esto, lo hacía con cierta petulancia cómica para alardear de mujer entendida en la materia.

Rebeca, no puso objeción, por que se figuró que todo aquello sería del ritual.

—¡Yo también quiero hojas de naranjo! gritó un muchacho.

—¿Tú también te vas á casar?

—No mamá; pero tengo hambre.

Y después de un rato, continuó.

—Pues que ¿para casarse se necesitan hojas cíe naranjo?

—Calla muchacho, que sabes tú de eso!

—Por eso pregunto.

—Los muchachos mi alma, dijo entre dientes la vecina, oficiosa.

—Los muchachos, repitió Doña Loreto.

A las seis, bajó Rebeca y ya varias vecinas esperaban sentadas en la escalera ó asomaban sus cabezas enmarañadas, entre las dos hojas de las puertas de las viviendas, para ver pasar á á la novia, que iba del brazo de su padrino, y seguida por Ernesto, Doña Loreto y su marido, el zapatero, la casada dos veces y otras personas entre las cuales había una designada ad-hoc para llevar la cola; apéndice que hace en ciertas novias el mismo efecto que en el pavo real, las enorgullece.

Por supuesto que á todos les gustó mucho Rebeca, y todos, después de haber dado su opinión laudatoria, se quedaron pensativos, desde el momento en que desapareció el cortejo.

La cosa no era para ménos.

La ceremonia religiosa no ofreció nada de notable, y al salir de la Iglesia, la comitiva se disolvió en el atrio, dirigiéndose la familia de Rebeca á su casa, y los novios y el padrino á la fotografía de Valleto, á tomar el consabido retrato en que sobresale lo novia enseñando un pié con zapato blanco, colocada la cola de manera que ocupa todo el ángulo inferior izquierzo, y destacándose en el fondo oscuro como si fuera una sola figura; y á su izquierda el novio, perdiéndose en el fondo negro, vestido de negro, y víctima del diafrácma que fué necesario poner á la máquina para que el traje blanco de la novia saque detalles. En medio de todas esas contrariedades artísticas, está el novio chaparrito, trigueñito por añadidura, y víctima también de la velutina de la novia que siempre aparece muy blanca, al grado que si se juzgara de la raza mexicana sólo por las fotografías de novios, aparecería que aquí todas las mujeres son blancas y todos los hombres prietos. Para el fotógrafo la novia es lo que importa, para ella es el foco, la luz, el arte, la atención y la estética; el pobre novio es artísticamente menospreciado, es un detalle del fondo, un accesorio como el sillón, la cortina ó la puerta; junto á la cual se supone á la pareja matrimomonial, en una actitud en que parece estar diciendo «nos están retratando».

Aquella fotografía costeada por supuesto por el padrino, despues de lisonjear por algún tiempo la vanidad de los novios, estaba destinada al mismo paradero que la de Pachita; á figurar como el último resto de mejores días, en el último asilo de la miseria.

Entre once y doce ya todos los convidados estaban en la casa del Coronel que olía á mole de guajolote desde la puerta.

Antes de estar *jalado* ya el Coronel estaba sentado junto á la novia que ocupaba su lugar entre Ernesto y el padrino.

Empezó á circular el arroz á la valenciana adornado con tornachiles, chicharos y raciones de pollo, y servido en porciones descomunales como para matar el hambre de golpe.

Siguió la barbacoa con *salsa borracha* servida en raciones de campaña. Aquellos carneros no habían sido trinchados. Que lo habían de ser, los habían descuartizado despues de cocidos, á machete y jalón, de manera que á Rebeca le tocó media pierna, á Ernesto un costillar, y al Coronel media cabeza. Allí fueron los trabajos: Doña Marianita Quijada luchaba con un enorme hueso; la Profesora, estaba haciendo la operación del trépano á un medio cráneo que le tocó, y extraía los sesos de la cavidad huesosa, mientras las violinistas decían en *la* agudo.

—Á nosotras nos tocó carne maciza.

—Pues á comerla mialmas, que bien lo necesitan les contestó una vieja.

Sin esperar á más, el jovencito aquel de la vecindad, que hacía muy buenos versos, leyó un epitalamio que nadie entendió, y que todos aplaudieron; por que los versos que se leen siempre son aplaudidos al final, como las fermatas de los cantantes.

Como habían de entender aquellos comedores de barbacoa el epitalamio, cuando el poeta hablaba de espacios siderales y sonrientes, núrajes de ensueños iridiscentes, de favonios de cierzos, de simoún, de espejismos, de clámides de ondas cerúleas, de algas, de náyades y de otra porción de cosas que á los oídos de las mas viejas de la fiesta sonaban por la primera vez.

El Coronel, era todo de la novia, á quien servía con un esmero y un lujo de atenciones, que empezaron á hacer fruncir á Ernesto el entrecejo, hasta le trinchó el Coronel, á Rebeca, su enorme ración de pierna, haciéndole pedacitos y le daba la tortilla mas caliente, y le servia mas salsa y la estimulaba con brindis privados á las libaciones de pulque, y le ofrecía sal y le ofrecía cambiarle de ración, mientras hacía caso omiso de Ernesto, que estaba al otro lado, y no le dirigía la palabra para nada.

A media comida, ya Ernesto había tragado más saliva de la que se necesita para la digestión. Rebeca, tampoco le había dirigido la palabra, y empezaba á sentirse como dicen *embolado*. Pensaba sólo en la manera de llamar la atención de Rebeca hácia él; pero su amor propio se lo impedía.—Bonito papel estoy haciendo; es la primera vez que Rebeca no me hace caso ¡buen principio!... ¡y sigue! ¡está hecha unas pascuas con el padrino! yo no se por que me parece... ya se está acabando el mole y yo estoy aquí hecho el pelicano.

De repente, y fingiendo una amabilidad que mal comprimía su cólera dijo á Rebeca.

—Quieres mas mole?

Rebeca, que tenía su atención fija en el Coronel, que á la sazón le hablaba de sus grandezas, apenas tuvo tiempo de articular un no, rápido, medio volviéndose á su novio.

—¡Que no tan seco! pensó éste! Es mucho cuento! No le vuelvo á hablar, y cuando estemos solos, le diré cuantas son cinco.

No, porqué es bromita y le echan flores, está autorizada para... ¡no faltaba más! Esto sólo á mi me sucede... ¡Y sigue, y sigue, y sigue! Estoy por separarme de la mesa y...

Mientras lo pensaba se empezaron á parar los concurrentes porque la comida había concluido.

El Coronel ofreció el brazo á Rebeca, quien apenas tuvo tiempo para dirigir á Ernesto una mirada cariñosa, que Ernesto quiso responder con otra de odio, pero no le fué posible; el Coronel no cesaba de hablar ni aun sobre la marcha.

Todos se dirigían á una enramada, bajo la cual estaba la música, y que estaba preparada para bailar.

Comenzó el baile.

El padrino, que no había abandonado á Rebeca, le pidió la primera danza.

Rebeca, antes de contestar, buscó á Ernesto.

No estaba allí.

Rebeca bailó la primera danza.

Usted lector, y yo, que no bailamos, observemos y comuniquémonos nuestras observaciones.

—Note V. esto, lector, aquí nadie sabe bailar.

—¡Cómo!

—Es lo cierto. En toda ciudad culta hay escuelas de baile, á donde concurren diariamente los jóvenes de ambos sexos que se están educando en otras materias, en los colegios, y cuando han acabado su educación están aptos en el ramo del baile y bailan bien, casi sin excepción.

En México no hay escuelas de baile, y, sin embargo, todos bailan; porque aquí todos somos buenos para todo, y no necesitamos aprender.

Mire V. al Coronel, cuya figura es antagónica de la del bailarín; pesa más de doscientas libras y tiene unos pies más á propósito para marchas forzadas, que para schottisch; patean pero no danzan. Nótelo V., lector, lleva una fatiga como de ataque á la bayoneta, y suda la gota gorda, dobla mucho las rodillas y acaba en esa fatiga que ha emprendido con Rebeca, por causar lástima.

Vea V. á esos jovencitos: aquel que lleva la vista fija en el suelo, como si se le hubiera perdido algo; al que le sigue, que brinca y zangolotea á su compañera; al otro, que lleva distinto compás que su compañera, produciendo un sube y baja insoportable; aquella señora grande, que no conoce el paso, y que nadie sabe qué irá haciendo con sus pies. Aquella pareja que se estrecha y se junta lo necesario y un poco más; la del vestido verde claro, que sacude su falda con un movimiento perpendicular muy pronunciado; aquella otra muchacha que saca la cabeza entre el hombro y la cabeza de su compañero, para librarse de su aliento; la otra, que se vá ahogando con la aldeida del capitán con quien baila. Eso es en cuanto á posturas, ahora, en cuanto á semblantes, note usted el contraste de fisonomías adustas y de otras tirantes y severas con el ejercicio que practican con el baile, que es la expresión de la alegría, desde el hombre salvaje hasta nuestros días. Véalos V., cada uno se entrega á una tarea fatigosa, como si se les hubiera impuesto un castigo.

No puede divertir un baile con actores de esta especie, porque ninguno de ellos obedece á la estética del baile.

Dicho lo cual, dejemos á esa turba entregada á su fatigosa tarea que durará hasta el amanecer.

Ernesto había emprendido la de la retirada; pero estaba en absoluta minoría; la profesora, su hermana, no se quería dejar dominar; Doña Marianita estaba muy contenta; el Coronel estaba encantado; el zapatero había encontrado muy buenas compañeras y tenía todavía que bailar muchas piezas; el baile, en fin, estaba en su apogeo, á la vez que Ernesto quería que se retiraran; y como lo veían con su sombrero en la mano, era objeto de comentarios picantes entre los pollos. El mismo zapatero había soltado una carcajada feroz cuando le dijo Ernesto que quería retirarse; todo lo cual acabó por poner al pobre novio de un mal humor insoportable.

Por fin, á la una de la mañana, logró sacar á Rebeca casi furtivamente, de acuerdo con Doña Marianita y con Doña Loreto.

Rebeca no se había puesto otro traje; estaba de novia; de manera que, recogiéndose la cola y levantándose lo que pudiera enlodarse y tomada del brazo de su marido, emprendieron la marcha á pie hasta el barrio opuesto al del Coronel.

Los primeros diez minutos fueron de silencio, al cabo del cual le preguntó Rebeca.

—¿Cómo te ha ido?

—Ya lo has visto, de los diablos.

—¿Por qué, mi vida?

—¡Mi vida! ¡ahora es mi vida!

—Naturalmente, ahora que estamos solos.

—Es que bien hubieras podido dirigirme siquiera una palabra.

—Pero las gentes...

—¿Y qué?

—En estos casos, me dijo mi mamá, debe uno manejarse con mucha circunspección, para que no la critiquen, y eso he hecho yo.

—Mucha circunspección conmigo.

—Naturalmente.

—Mira, pues yo no lo encuentro muy natural.

—Pues mamá sí.

—Me parece que tu mamá...

—¿Qué?

—Nos vá á desavenir.

—¿Por qué, la pobre?

—Porque vá á pretender meterse mucho en nuestras cosas.

—Naturalmente.

—Todo te parece á tí natural, y has de saber que á mí no.

—¿Por qué?

—Te estás haciendo la inocente.

—No es eso, sino que no te comprendo.

—No me comprendes, eh? dijo Ernesto con sorna.

—No, porque me estás diciendo unas cosas...

—En cambio tú me has hecho otras...

—Yo no te hecho nada.

—No; porque desde el momento en que todo te parece natural...

—Pues bueno, díme qué te he hecho.

—Mira, me impacienta que te hagas la desentendida!

—¡Yo!

—¡Sí, tú! estás tan fresca como si hubieras hecho una gracia.

—¿Pero qué he hecho, por Dios Santo?

—Por Dios Santo no has hecho nada, pero...

—¿Pero qué?

—Pero por...

—¿Por quién?

—¡Inocente! ¿no sabes por quién?

—No.

—¿No, eh?

—No.

Como esto no lo dijo Rebeca con impaciencia, Ernesto calló y hubo una larga pausa, despues de la cual Ernesto comenzó á hablar como si hablara solo. Pues estoy lucido. Esto, sólo á mí me pasa. No, nada; la niña no sabe nada, no comoce lo que ha hecho, no ha caído siquiera en cuenta que mientras ella gozaba yo he tenido un día y una noche detestables, como si fuera yo el último de los concurren tes, como si fuera yo un extraño. Y luego, en lugar de satisfacciones, en lugar de... nada, no se me comprende, no se... y sigo haciendo ya sólo con mi mujer un papelito... ¡bonito casamiento!.

—Pero, por Dios, Ernesto, ¿qué tienes? le interrumpió Rebeca. Nunca le había visto tan enojado, y enojado por qué, vamos á ver; habla claro, esplícate, y si en algo he faltado, dímelo, te pediré perdón, te haré cariños, le dijo apretándole el brazo.

Aquel apretón fué un sacudimiento eléctrico para Ernesto. En la situación en que estaba su ánimo tambaleó entre la dicha y la desgracia, y ¡cosa rara! en vez de atraerlo hacia el amor, olvidándolo todo, escitó cierto sentí miento de soberbia fatal, que detuvo violentamente el movimiento que iba á hacer con el brazo para corresponder al cariño de Rebeca, y sintió cierto placer salvaje en haber triunfado de sí mismo.

Siguió una larga pausa de silencio, hasta que llegaron á la esquina en que la familia de Rebeca tenía que separarse de la de Ernesto. Pero Doña Loreto, que se había quedado atrás con su familia, había desaparecido desde la calle anterior, para evitar la despedida, y se alejó llorando.

Siguieron, pues, Ernesto y Rebeca por delante, y Doña Mariana, la Profesora y los demás, á cierta distancia.

Llegaron á la casa; Doña Marianita se eclipsó también y los novios entraron á su recámara.

Ernesto abrió, encendió la luz, se quitó el sombrero y se sentó sin decir uno palabra. Rebeca, arrastrando su cola, se sentó frente á su marido.

Este había apoyado la frente en una mano y estaba inmóvil. Así pasó cerca de un cuarto de hora, que á Rebeca le pareció un siglo.

¡Ah pobre humanidad! condenada á atravesar una vida, en la que se mezclan en ineludible y perenne contraste el mal y el bien, el placer y las lágrimas, la ilusión y el desencanto, el deleite y la amargura!

He aquí un pobre novio que desde el momento de conocer á una mujer había entrado de lleno en ese mundo encantado de sueños y fantasías, de risueñas y dulces esperanzas, concentrando todo su sér, toda su actividad, todo su mor, todos sus deseos en perseguir una dicha casi celestial, una felicidad revestida de todos los encantos imaginables; y cuando ha llegado á la meta apetecida, cuando luchando como un héroe y á costa de dolorosos sacrificios se mira vencedor, siente en el alma el acerbo dolor del desengaño; siente su alma inoculada con el terrible virus de los celos, y ya próximo á tocar el cielo con la mano, se despeña en el abismo negro de la duda y la desesperación; siente mezclado á su amor el odio que engendra en su alma una idea espantosa.

Todas estas ideas atravesaban por su cerebro, mientras apoyaba la frente en su mano inmóvil y crispada.

Rompió per fin aquel terrible silencio la voz de Rebeca.

—¿Qué tienes, Ernesto? ¿por qué estás enojado conmigo? ¿qué te he hecho? Te juro que ni me sospecho la causa de tu malestar.

—¡Hipócrita! gritó Ernesto levantándose, ¿te parece siquiera decente, la conducta que has observado con el Coronel?

Rebeca tembló sobrecogida.

—Mientras que para él han sido todas tus miradas y toda tu atención, yo he hecho el papel más ridículo, porque no me has hecho caso, te has olvidado de mí completamente.

—Yo no podía ser desatenta con el Coronel. Acuérdate que tú mismo has considerado una fortuna que sea nuestro padrino.

—Pero ahora lo considero una desgracia.

—¡Pero por qué! Figúrate que ha sido amable, hasta más amable de lo que convenía á su carácter; pero estábamos en su casa, y no cesó de hablarme; habla mucho para decir cualquier cosa, y hasta llegó á mortificarme con sus cumplimientos.

—Era porque tú le dabas lugar con tus coqueterías.

—¡Coqueterías! Te propones des quitar tu mal humor ofendiéndome! oféndeme, díme lo que quieras, si crees que lo merezco.

—Y bien que lo mereces. Muy pronto te has dado á conocer. Ni tiempo has tenido para dejar pasar siquiera los primeros días de casada, y conozco que vamos á ser muy desgraciados.

—Si te has de seguir encelando de todo el mundo, como del Coronel, ya se vé que sí. Nuestra vida será un infierno.

—¡Encelando! Y tú crees que estoy celoso!...

—No puedo atribuir á otra cosa tu mal humor.

—Pues yo no estoy celoso ni me hago tan poco favor; pero me endiabla que coquetees en el día de nuestro casamiento, y si esto es al principio...

—Ernesto, piensa bien lo que dices y no me ofendas de esa manera.

—Mira qué tonillo tomas tan resuelto.

—Y mira qué tono tomas tú tan inconveniente.

—Es que no te gusta que te diga, yo la verdad.

—¿Cuál es la verdad?

—Que has coqueteado con el Coronel.

—No.

—Sí.

—No, mil veces no; porque te quiero demasiado para pensar siquiera en otro hombre y porque de nadie es mi amor más que tuyo. Además, no te he dado lugar á que me trates así, ni á que me ofendas como lo haces, llamándome coqueta é hipócrita.

—Yo no te he dicho hipócrita.

—Sí me lo has dicho. Hipócrita, coqueta.

Y Rebeca se desató en sollozos y derramó abundantes lágrimas.

Apenas la vió llorar, Ernesto sintió un arranque de impaciencia, de cólera y de despecho, y paseándose á grandes pasos por la pieza, exclamaba:

—¡Bonita noche de bodas! Buena mujer me ha tocado, que me lloriquée tan temprano! ¡Gracias, Rebeca, gracias por tu obsequio! ¡Me haces muy feliz, y no conforme con haberme amargado el día que creía el más feliz de mi vida, me regalas con lágrimas en los primeros momentos de estar solos! ¡Buena perspectiva tenemos! ¡Si yo lo hubiera sabido!...

—¡Ernesto! gritó Rebeca, adivinando lo que iba á decir, ¡Ernesto, por Dios! ¿Qué quieres que haga? ¿que te pida perdón? perdóname por Dios, soy inocente, cálmate, no amargues nuestra dicha con esos celos tontos. ¡Ernesto, cálmate por Dios!

Todo esto lo decía Rebeca abrazada al cuello de Ernesto que permanecía de pié con la mirada fija en el suelo, abriendo desmesuradamente los ojos, apretando, los puños, vueltos la espalda y conteniendo con trabajo la cólera en que sentía que iba á estallar el roce de la seda blanca del vestido de novia, y el; perfume embriagador que se exalaba del seno de Rebeca, en vez de inducirlo hácia el amor, despertaba más á la bestia feroz de los celos, acrecentando el despecho de Ernesto..

Rebeca al ver que Ernesto no cedía se desprendió de su cuello y se dejó caer en el sillón anegada en llanto.

—Lágrimas! lágrimas! lágrimas! esclamó Ernesto levantando los brazos; lágrimas en la noche de!... ¡Oh maldito!....

Y continuó murmurando imprecacauciones y denuestos, mordiéndose los labios de cólera, y á su vez se dejó caer en el otro sillón frente á Rebeca.

Aquellos novios se habían casado para asistir á los funerales de su amor. Aquel vestido blanco tenía en aquellos momentos una significación amarguísima: era el sudario de sus ilusiones muertas; era la dalmática de la pureza envenenada como la túnica fabulosa de Neso.

Rebeca estaba tan orgullosa con su vestido blanco, había sido tan feliz con aquellos atavíos de reyna, que la caída al abismo de las lágrimas la hacía gemir de desesperación.

Ernesto por su parte no podía quitar la vista de aquel gran vestido blanco.

¡Ciento cincuenta pesos robados! sí señor, robados aunque me pese; la pulmonía de mi patrón me puso en situación de... sí, de saquear la caja, de fingir operaciones, de mentir descaradamente, de meterme en un enredo que me puede llevar á la cárcel; ¡mil y tantos pesos! se fueron como el humo. Yo he quedado bien; pero mañana ¿cómo hago, cómo cubrir la caja? ¿cómo?... ¿y todo para qué? para recibir un desengaño, para verá mi mujer haciéndole carita á un brutazo, á un soldado ordinario que bailaba como sapo... ¡Oh, qué horrible desenlace de dos años de amor! ¡Si yo lo hubiera siquiera sospechado!... Pero ya no tiene remedio. Todo se ha perdido, todo, todo.

Rebeca insistió todavía varías veces en contentar á Ernesto; pero cada vez no lograba más que excitar su cólera, y acabó por guardar silencio.

Así permanecieron largó rato, hasta que empezó á salir la luz. ¡Qué tristes, qué siniestras, qué significativas aparecieron las primeras líneas de luz que marcaban el cuadro de la puerta! ¡Qué terrible ironía encerraba ya plácida luz de la mañana, que parecía reírse al sorprender aquella novia con sus azahares y su vestido blanco, y aquel novio en actitud doliente, con el semblante descompuesto y pálido como la muerte!

CAPÍTULO IX

Un maridito fresco.

ERNESTO, el maridito, estaba fresco quiere decir, acabado de hacer, recién casado; y su vida conyugal, como se vé, no aparecía sembrada de flores.

Rebeca se había quedado en una actitud que bien podía estar llorando, durmiendo ó meditando, porque no se le veía la cara.

Ernesto tomó las llaves de la tenería y su sombrero, abrió suavemente la puerta y salió, al corredor. Sintió la luz como una cachetada y si hubiera podido habría insultado á la aurora. No obstante, el fresco de la mañana calmó un tanto su fiebre, y su furor comenzó á moderarse. Echó á andar sin ver más que al suelo, para hablar consigo mismo. Sentía un vacío tan insoportable en el alma, una desazón tan amarga, que cada nuevo acceso de furor lo acercaba más á la ternura, hasta que sintió rodar por sus mejillas dos gruesas lágrimas.

Vagó al acaso para gastar el tiempo, hasta que al fin se decidió á abrir la tenería una hora antes de lo de costumbre. ¡Qué horrible estaba aquel despacho y sobre todo qué apestoso.

Las emanaciones del extracto de mil flores de Rebeca, habían renovado su facultad de oler, y volvió á parecerle insoportable el olor de la suela; había entre el aroma y aquella pestilencia, el mismo contraste que entre sus amores y su boda.

Se puso Ernesto tras del mostrador y se sentó; volvió á recorrer con la imaginación todo lo pasado; su primer arranque de celos, su salida del baile y sobre todo las escenas de la alta noche y del amanecer, y empezó á ocurrírsele que si no habría sido todo obra suya. Tal vez había estado imprudente, grosero é injusto. Tal vez Rebeca era realmente inocente; acaso no habría hecho nada que pudiera atribuirse á coquetería, sino que aquel jayán, aquel bruto de Coronel, se había excedido y tomado muy á pecho su papel de padrino. Bien pudiera ser que todo hubiera sido obra de su imaginación y de sus celos infundados; sí, decididamente infundados. ¡Pobre Rebeca! ¡sí, ella no me ha hecho nada! y yo, bruto de mí, me he dado á mí mismo una noche de los diablos... y ella, ¡pobrecita! ¡cómo ha llorado, con qué lástima, con qué sentimiento, con qué ternura lloraba! y cuando me decía, ¿Ernesto, qué tienes? conténtate conmigo, ya sabes cuánto te quiero... Y yo, ¡bestia de mí! ¡salvaje! ¡estúpido; ¡ah! ¡merezco que me maten! y continuó murmurando entre dientes, injurias contra sí mismo, y al cabo de una pausa sintió correr abundantemente sus lágrimas que, como si hubieran removido todo lo que tenía de sensible, se convirtieron en sollozos y en espasmos de dolor, al grado de tener que ocultarse para que no lo vieran los transeúntes.

Después de enjugarse las lágrimas, volvió á su asiento frente al mostrador; sus lágrimas le habían abierto un camino, lo habían sacado de la desesperación para hacerle vislumbrar de nuevo la dicha y la esperanza. ¡Bienaventurados los que lloran!

Voy á pedirle perdón, voy á decirle que he sido un majadero, un bruto, un miserable; voy á estrecharla entre mis brazos, á darle muchos besos, á hacerla feliz. ¡Pobre Rebequita mía, pobrecita esposa de mi corazón! ¡Ay, la adoro, la idolatro!...

Después de un momento, dijo, viendo su reloj;

—Sí, y en el momento. No la tendré más tiempo en incertidumbre. Volveré á cerrar; y en el momento de tomar su sombrero, entró un marchante, un zapatero que iba por media suela y dos charoles.

—Maldito marchante, dijo entre dientes, y se puso á despacharlo.

—Iba yo á venir á las ocho, como siempre, dijo el marchante, cuando vide abierto, y dije pos ya que el patroncito ha madrugado, llevaré mi *habelitación dealtiro.* ¿Cómo ha pasado la noche mi patroncito?

Ernesto contestó con una mirada feroz, como si el marchante leí hubiera dirigido un insulto.

—Bien, hombre, bien, le contestó reponiéndose.

—Pos adiós, patroncito, hasta *diohoyenocho.*

En seguida entraron alternativamente hasta cinco marchantes para aumentar la impaciencia de Ernesto, puesto que ya se iba haciendo impracticable la idea de ir á su casa y volver á abrir. Así fué; dieron las ocho. Ya no era tiempo..

A las ocho y cuarto, llegó el viejo patrón de Ernesto, muy arrebujado en una capa azul. Al verlo entrar, Ernesto se puso aun más pálido de lo que estaba..

—Pero, señor don Librado, ¿en qué piensa V.? Le va á hacer daño haber salido; la mañana está bien fría.

—Estoy mucho mejor, y el médico me dijo que ya podía salir. No tenga V. cuidado.

En esto había levantado la tapa que cubría la portezuela del mostrador, y Don Librado, ocupó su vieja silla de brazos; frente al hueco que en el aparador hacía veces de escritorio, después de hacer penosamente cien pliegues en el lado derecho de su capa, sacó la mano y tomó uno de los libros; comenzaba á la sazón lo hora en que el despacho se atestaba de marchantes; y Ernesto comenzó á repartir suela, badanas y charoles á veinte zapateros.

Después de un tragín de más de tres cuartos de hora, la tienda comenzó á estar despejada, á la sazón que Don Librado se levantaba de su asiento.

—Siempre puede ser que tenga usted razón, dijo; voy á acostarme. Quizá mañana esté yo más fuerte.

—No tenga usted ningún cuidado por la casa, señor Don Librado. Aquí estoy yo, que no me despego. Ya sabe usted que mi comida me la traen de la fonda de enfrente, y no me muevo de aquí para nada.

—Hasta mañana, Ernesto.

—Hasta mañana, Don Librado; que V. se alivie.

—Gracias, dijo el viejo saliendo.

—¿Qué hago? se preguntó Ernesto apenas estuvo solo. Ha tenido tiempo bastante para ver los libros... y la partida está clara. La casa jamás ha hecho ventas al crédito, y mucho menos á Don Agapito, ni á la «Botita azul», que hace tantos años compran al contado. Yo, por momentos esperaba que el patrón me preguntara: ¿Qué partida es esta? pero no me dijo nada; no sé si porque estaba yo despachando, ó porque este viejo marrullero me prepara alguna mala pasada... No es extraño, él es un hipocritón, que además tiene muchas agallas. Si se queja á la autoridad de seguro me aprehenden, y me mete en un embolismo de los diablos... Nada! pensó al cabo de un rato. Resueltamente... Habrá más de cincuenta pesos en el cajón; los tomo, cierro y me llevo las llaves. Tomo el tranvía hasta Talnepantla, y allí espero el Central, y no paro hasta Querétaro. Allí me cambio nombre y busco colocación, y me sumo... ¡Ay! ¡y Rebeca! Pero... Mandaré por ella cuando esto se haya olvidado. ¿Y mi padrino? ¡Vaya al infierno!

Y se puso á contar el dinero del cajón. Había contado sesenta pesos, cuando entraron dos marchantes y tras ellos otros dos que esperaban pacientemente á que los primeros fueran despachados.

Cuando salieron se acercaron al mostrador los otros dos y ceremoniosamente preguntó á Ernesto uno de ellos.

—¿El señor Don Ernesto Quijada?

—Servidor de usted.

—Traigo esta ordencita.

—«Juzgado del a del ramo criminal» leyó Ernesto y palideció.

—¿Pero de que se trata?

—No lo sabemos, caballero, dijo el que no había hablado. Traímos la orden y la cumplimos.

—Yo no tengo negocios en ese Juzgado.

—Lo creo, caballero, dijo el curial mugriento con afectada cortesía. El Juzgado probablemente será el que tenga negocios con usted, puesto que le necesita.

—Pero la casa... los libros, el dinero...

—Todo está previsto, dijo el otro curial, y asomándose á la puerta indicó á varias personas que esperaban en la calle que podían pasar.

—Buenas tardes, buenas tardes, y buenas tardes, dijeron los otros tres individuos; de los cuales uno tomó los libros, otro extendió un pliego de papel para escribir, y otro se puso á contar el dinero del cajón.

—Sesenta y siete pesos tres reales, dijo en voz alta y entregó el dinero á otro de los curiales.

—Cuando usted guste, dijo el mugriento á Ernesto, el que tomando su sombrero se dispuso á salir. Salieron todos y...

—Las llaves, dijo uno á Ernesto.

—Aquí están.

—Pues cerraremos, dijeron saliendo á la calle. Cerraron, efectivamente, con los dos candados y ya emprendía Ernesto la marcha, cuando le dijo uno: —Un momento...

Sacaron un cerillo, encendieron un cabo de estearina y pusieron un sello de lacre en la juntura de la puerta, operación que llamó la atención de transeúntes y vecinos que formaron muy pronto un pelotón en la calle.

—Oiga, Nito, le gritó un borrachín harapiento á un mozo de la fonda. Ya se llevan á Don Ernesto.

—¿A donde?

—Pos á la Tlalpiloya, ¿dónde ha de ser?

—¿Pero por qué?

—Por nada bueno.

—¿Qué habrá hecho? Metería la mano en el cajón.

—Pos yo creeré que sí, porque cuando yo entro en las mañanas por mí medio por el barrido de la calle, le he visto unos anillotes de altiro buenos, y yo tanteo...

—Pos de las puras suelas.

—Usted lo vido.

—Pos no; con qué ahí lo llevan y hasta vide cuando los escribanos le pusieron el sello á la puerta.

—¿Qué sello?

—¡Pos mírelo no más! ¿No lo ve cómo coloradea?...

—¿Pos deveras, no? Y ya van dos veces que le ponen sello á la casa de Don Librado. La otra vez, el otro dependiente también echó su gato á retozar, y fué á tener á Belén.

—¡Pos no, *cuantimás* el de los anillos!

—Dealtiro no desimulan. Siquiera poco á poco.

—Pos digasté no más.

Ernesto, acompañado por los empleados del Juzgado, caminaba á Belén, donde pasaría su segunda noche de bodas y toda su luna de miel.

¡El amor! Todo por el amor. Instigado por ese travieso rapaz, había emprendido un camino equívoco al fin del cual en vez de encontrar la felicidad como el león, encontró la cárcel.

Doña Marianita Quijada se había ocupado casi todo el día en la cocina preparando una abundante cena con que se proponía obsequiar á Ernesto y á Rebeca, puesto que Ernesto no comía nunca en su casa sino en la Tenería.

Al oscurecer todos estaban prepados para recibir á Ernesto. Rebeca temblaba al acercarse la hora y fluctuaba entre el temor de verle todavía disgustado y la esperanza de que la reflexión le hubiera hecho conocer sus faltas.

Es inútil pintar la impaciencia de toda aquella familia durante tres horas. Los muchachos, sobre todo, en quienes el hambre hacia mayores estragos, cooperaban con sus impertinencias al malestar general y como detrás de Doña Marianita habían ido saliendo todos uno por uno al corredor, el grupo comenzó á llamar la atención de los vecinos.

—Marianita, gritó una voz en la semi-oscuridad de aquellos corredores.

—Quién me habla, contestó Doña Marianita.

—Yo, mi alma; respondió la voz. Hay alguna novedad.

—Nada más que no parace Ernesto.

—¿A qué hora lo esperaban?

—A las siete.

—Y son cerca de las diez. ¡Válgame Dios! ¿y que se figura V.?

—Me figuro mil cosas. Algo le ha sucedido.

—Es natural creerlo así, añadió otra vecina; estando de novio.

—Seguro, agregó una de las vecinas. Ya debía estar aquí.

Rebeca había guardado silencio hasta entonces respecto á lo que había pasado en la noche anterior, primero por que nadie se lo había preguntado por discreción, y luego por que ella había creído prudente no enterar á nadie de lo ocurrido; pero creciendo sus temores respecto al enojo de Ernesto, llamó á solas á Doña Marianita y le contó cómo había pasado la noche.

Doña Marianita decidió ir á buscar á Ernesto y salió á la calle.

Lo primero que le ocurrió fué ir á la Tenería. Todo estaba cerrado excepto la fonda de enfrente á la Tenería, fonda en cuya puerta aparecería reclinado un criado con mandil.

Doña Marianita se dirigió á él.

—Dígame V., le dijo, ¿ha pasado alguna cosa en la Tenería de Don Librado?

—¿En la Tenería de Don Librado?—Sí.

—¿Algo cómo, de qué:

—Yo no sé; pero mi hijo no ha llegado todavía á casa.

—¿Y quién es su hijo de usted?

—Ernesto, el dependiente de Don Librado.

—¡Ah, con razón no ha llegado!

—¡Cómo, usted lo sabe!

—Sí, señorita; todo se sabe...pues... no porque yo... yo, con perdón de usted, no vide nada; pero el barrendero me lo dijo.

—¿Qué le dijo?

—Pos que se llevaban al niño Ernesto.

—¿A dónde?

—Pos yo no sé...

—Pero el barrendero...

—Pos el barrendero sí lo vido todo.

—¿Pero que vió?

—Pos cuando vinieron los escribanos.

—¡Escribanos!

—Sí, señorita, pos los señores del Juzgado.

—¿Y qué?

—Pos nada, que jalaron con el dinero y con los libros.

—¿Y Ernesto?

—Pos también jalaron con él. Por ahí cogieron como para Flamencos y lo del sello.

—¿Qué sello?

—El sello colorado que le pusieron á la puerta. Ese desde aquí se columbra.

—Pero ¿á dónde se llevaron á mi hijo?

—De eso sí no le puedo dar á usted razón; pero por aquí decían todos que á Belén, pues, y el barrendero me dijo á mí: Oiga, Nito, ya se llevan á Don Ernesto á la Tlalpiloya; pues eso me dijo. Lo que es yo, yo no vide nada; porque estaba sirviendo unos chiles rellenos, y no... no salí sino cuando ya habían ganado todos para arriba... pues... como para Flamencos.

Dona Marianita dió las gracias al mozo de la fonda y se alejó.

Pensó desde luego en encomendar á su hijo á la protección y clemencia de su protector el Licenciado Don Manuel, ácuya casa se dirigió corriendo.

La recibió Conchita, la esposa del Licenciado en la asistencia.

—¿Qué anda V. haciendo á estas horas, Doña Marianita?

—¡Qué he de andar haciendo, Conchita de mi alma, que ustedes son mi paño de lágrimas!

—¡Qué le ha pasado á V.?

—¡Ay, Conchita! Mi Ernesto...

—¿Qué?

—¡Una infamia!

—¿Pero qué?

—¡Qué se lo han llevado!

—¿A dónde?

—¡A la cárcel, mi alma, á la cárcel!

—Pero, ¿por qué? ¿qué ha hecho?

—De hacer, no ha hecho nada; pero en eso está la infamia. No, si hay gentes para todo. Ha de saber V. que Doña Lugardita López, su amiga de V., anda arando la tierra para conseguirle á su hijo Pepe una colocación, porque el mocoso de mis pecados se quiere casar; figúrese V., ¡no tiene destino y ya quiere mujer! Pues bien, como iba diciendo, Doña Lugardita anda removiendo el mundo por colocar á su Pepe; y esa señora, para que V. lo sepa, es capaz de todo; ha sabido que mi hijo Ernesto tiene buena colocación y le ha echado el ojo, y ahí tiene V. que no sé que chisme ha metido con Don Librado, el dueño de la Tenería; el caso es que hoy en la tornaboda de mi pobre Ernesto ¡se lo han llevado á Belén, Conchita de mi alma! Figúrese V., no más entre los criminales y los bandidos, como si mi hijo de mí vida fuera algún ladrón, cuando bien sabe Dios que tendrá todos los defectos menos ese; es honradísimo cómo que yo he cuidado de su moral, y no es por alabarlo, pero se le puede fiar oro molido.

—¿Y qué piensa V. hacer? le preguntó Conchita.

—Ver al señor Licenciado, su marido de V., para que póngalas cosas en regla, como él lo sabe hacer, y que se castigue á ese juececillo de pipiripao porque, ¿qué es esto, que por un chisme, de buenas á primeras allá va la orden de prisión! No, señor, que para eso hay leyes. Primero se averigua y se hace todo, y si acaso hay algo, ¿no le parece á V.? entonces se procede; y sobre todo no se conduce á una persona decente á la cárcel de los criminales, porque ante todo es necesario distinguir á las personas.

—Pues, Manuel está acostado ya, dijo Conchita, como está acatarrado se ha metido á la cama.

—Pues, yo quisiera hablarle.

—No es posible, Doña Marianita; está ya recogido y sobre todo no se puede hacer nada á estas horas; pero le ofrezco á V. que mañana temprano...

—¡Cómo y pasa mi hijo la noche en...!

Y Doña Marianita se soltó llorando.

—¡Áy, pobre, pobrecito de mi hijo! Y en la segunda noche de casado, cuando... no, si todo le ha salido mal, ¡qué desgraciado es mi pobre Ernesto! Figúrese V., Conchita, que anoche, su primera noche, se la ha pasado peleando con su mujer.

—¡Cómo es posible!

—Vestida, vestida, y con todo y azahares se ha pasado la novia hasta que Ernesto se fué á la Tenería!

—Pero, ¿qué motivo...?

—Nada, mi alma, que el hombre pone... ¿creerá V. que se ha encelado de su padrino de casamiento? Sólo á Ernesto le pudo ocurrir semejante cosa, y en si fué cierto y no fué cierto, y en sí dijiste ó no dijiste, les ha amanecido, y ahora por añadidura...

Y volvió á llorar Doña Marianita.

Al volver á su casa no quiso decir dónde estaba Ernesto. Tenía la esperanza de que aquel incidente pasaría desapercibido.

CAPÍTULO X.

Ernesto, Rebeca, el León y la Leona.

POBRE Ernesto! ¡Qué desgraciado era! Todos lo decían á una voz y convenían en ello; sólo que la generalidad de las gentes se figuran que la desgracia es ciega como la muerte, es una furia infernal que no elije sus víctimas y reparte tajos y mandobles sin ton ni son.

Pero á nosotros se nos antoja que todo, en esta vida, tiene su razón de ser, y que de la mayor parte de los males que nos aquejan nosotros mismos tenemos la culpa.

Lo que le sucedía, pues, á Ernesto es exactamente lo que le sucederá á cualquiera que de los mismos pasos.

Ya hemos dicho que el origen de todos los males de Ernesto fué el amor.

¿Y qué hacer entonces? dirá el lector; el amor es un sentimiento universal, nadie puede librarse de él; todos somos heridos por él á nuestro turno. ¿Qué culpa tiene el joven de sentirse enamorado, de decirlo, de lograr que se lo digan, de ser amado, y de ceder en seguida á esa ley, también universal de la sexual coyunda, de la unión legal, legitimada en regla y elevada además á la categoría de sacramento ¿No es acaso la misión de la especie humana sobre la tierra, crecer y multiplicarse?

Ya hemos dicho también que el creced y multiplicaos, obedecido literalmente, es para las bestias de los desiertos, mientras que el sagrado mandato interpretado racionalmente es para los seres racionales. Más todavía; el mismo precepto, que si es sagrado debe ser justo, no envuelve punición cuando fuere retardado, aplazado, diferido ó no verificado, por un individuo que pertenece á las sociedades donde las graves cuestiones, no resueltas todavía, del proletarismo y el pauperismo, ponen al hombre en la alternativa de desobedecerlo ó hacerse y hacer á muchos seres desgraciados.

El amor, á pesar de su culto universal desde antes de la aparición de Psyquis sobre la tierra hasta hoy, tiene, como todo en este mundo, su lado flaco; y, no obstante, hacer feliz á inedia humanidad á ojos vistos, hace desgraciada á la otra media.

En México, el primer perjuicio que nos causa es hacer mariditos. Qué lo diga Ernesto. Y cuenta con que éstos son por lo menos la mitad de los que existen. Quiere decir que la estadística rezará después de la publicación de este libro la mitad maridos y la otra mitad mariditos.

Otro de los perjuicios gordos que nos hace el diablo del muchacho ciego, es volver amorosos, demasiado amorosos á los viejos.

Pero no hablemos de eso porque necesitaríamos escribir otro libro.

Concretémonos, pues, á los mariditos. Ya hemos visto como todos nuestros personajes, progenie toda de mariditos, son más ó menos desgraciados por la misma causa. Quiere decir, por haber ido los mariditos más á prisa en amor que en recursos haciendo precisamente todo lo contrario de lo que hicieron los griegos, los romanos y todos los pueblos guerreros de la antigüedad, y de lo que hace todavía la juventud germana y anglosajona, juventud á todas luces más feliz que la de nuestro Distrito federal.

Un joven romano del tiempo de Numa Pompilio, llegaba sobrio, casto y sano á la adolescencia, pesando cien libras más que cualquier maridito, y con la fuerza muscular de cuatro de ellos juntos. A esa hora (un poco tarde como se ve) si el diablo del amor e trastornaba los cascos podía casarse; pero á condición de seguir siendo esclavos de su padre, él, su mujer y sus hijos, hasta emanciparse con el producto de su trabajo.

Manumitido era libre y se pertenecía á si mismo. Los hijos de este atleta, no eran por supuesto pollos, lagartijos, ni mariditos, ni salían precoces en amor ni en vicios, y así los esparta nos llegaron á ser para el mundo modelos de soldados, de patriotas, de dúdanos y de padres de familia, ya hemos visto como se hace entre nosotros un maridito. Veamos sin embargo, como se prepara para serlo, y al efecto, fijémonos en Pepito el hijo de Doña Lugardita López, que ya tenía novia; pero que no había podido conseguir un destino.

Pepe, había entrado tarde á la escuela para comenzar su educación, por que sus enfermedades no le habían permitido hacerlo antes, pues era un niño muy delicado, según decía Doña Lugardita. Todito á su papá.

Entró por fin en una escuela nacional. En su carácter de niño delicado, era huraño, corto, tímido y cobarde. En las primeras letras no tuvo dificultad, y fué un alumno mediano, pero al fin del año escolar, fueron los premios, y Pepito tuvo el honor de recibir de manos del mismo Presidente de la República en medio de una fiesta grandiosa y solemne, un diploma y un libro que le hicieron creer firmemente que tenía vocación de sabio.

Tres años se repitió esto, y Pepito no se creía tan tirado á la calle, y empezó á cambiar de carácter. Hé aquí porqué resortes, en primer lugar, había sido premiado con los honores del apoteosis; en segundo lugar, estaba cambiando de voz y hablaba gordo algunas cosas; luego ya tenía amigos más grandes que él y que le habían enseñado á decir desvergüenzas, y tenía su vocabulario apecial de carretero que empleaba y esplicaba invariablemente en la intimidad de sus amigos, los más grandes que él. Esto lo hacía creerse muy hombre, como el decía, así como los premios le hacían creerse muy adelantado, aunque en realidad no sabía nada.

De los 365 de cada año había que rebajar las fiestas nacionales; las fiestas religiosas, los días de cumpleaños de cada una de las personas de su familia, y del maestro, los catarros, las anginas y las indigestiones, los días de comprar zapatos, los exámenes, la preparación de los exámenes, las composturas de la escuela, las vacaciones chicas y las vacaciones grandes; y el año venía á reducirse á menos de cien días. Mientras se trató de leer y escribir, la cuestión no era muy árdua, pero cuando el maestro empezó á darle nociones de cosmografía, le pareció aquéllo tan raro y tan incomprensible, que no ha llegado á esplicarse todavía, aunque repite de memoria lo que recuerda, como es que la tierra es redonda y no nos caemos, y como camina y rueda por el espacio sin que nos lleve el diablo. Allá para su conciencia íntima, aunque, no lo confiesa, crée que todas esas cosas son teorías de los sabios y de los libros y nada más.

En cambio Pepito fuma, y la pobre de su mamá le da para comprar cigarros por tal de que no fume escondidas; y cuando Pepito está rodeado de muchas personas, se complace en sacar de la bolsa un grueso rollo de cigarros ordinarios, y recorre la sala ofreciendo uno, á niñas, señoras grandes y á personas de respeto, sin escepción, y queda muy satisfecho cuando rehúsan diciendo—Gracias están muy gordos.

Entonces, él, toma uno de aquellos gordos, lo descabeza y lo prepara, se lo pone en la boca, saca de otra bolsa un estuche, lo abre, saca una larga boquilla de ambar y espuma, la adapta al cigarro, cierra el estuche y lo guarda, sacando en cambio una gran caja de cerillas de lujo, enciende uno, lo aplica á su cigarro, á una cuarta de su cara, arroja humo y guarda la caja.

Crée que todo esto le da mucha importancia, y sobre todo, unos diez años más. Tiene también adelantado que el cognac y el tequila ya no le raspan tanto la garganta como antes.

Cuando pasó á la Escuela Preparatoria, ya llevaba muchas cosas adelantadas, para que los estudios superiores fueran realmente superiores á sus fuerzas; sabía pintar venados, jugar al billar y beber copas. Además el amor se había apoderado de él, ya conocía á Jesusita ya era su novia, y tanto, que el pobre no pensaba en otra cosa, precisamente en momentos en que tenía que pensar en muchas cosas y difíciles.

El mayor placer para Pepito, era estar solo, porque así pensaba libremente en Chucha, y para entregarse á sus ensueños aróticos, no había cosa más propicia para él, que un libro, porque teniéndolo delante de la cara, era como si se escondiera tras él.

A los dos años de Preparatoria, Pepito, contrajo una enfermedad vergonzosa, que le duró seis meses, al cabo de los cuales, le dijo á su mamá, que no quería seguir los estudios, (y hacía bien), y que quería mejor un destino en lo cual andaba tan bien acertado porque para los destinos no se necesita ser sabio, y como además había quedado enteramente bueno, como decía el médico, ya podía meterse á trabajar, como él decía, y á otras cosas.

Entonces, fué cuando la pobre de Doña Lugardita empezó á correr de ceca en meca buscando el tal destino.

He aquí la manera de preparar un padre de familia, no de los de la historia antigua, sino de la novísima y fresquecita.

Hé aquí, como se forma de generación en generación la casta de los mariditos, cuya prole raquítica, aunque quede enteramente bueno el progenitor, como Pepito, llena los orfanatorios, las escuelas de corrijendos y las calles de muchachos malogrados y sin porvenir.

En cambio el león, está muy tranquilo y ha ganado veinte libras de peso, y se han borrado de su piel completamente las huellas de los dientes de Leonidas, y lejos, muy lejos de esa vieja bestia, tiene ya su leona y sus cachorros.

Viven los cuatro en lo profundo de una grieta que una conmoción geológica hizo en lo más escarpado de una montaña.

Cuando se estaba casando Ernesto, el león había visto en el barómetro de su instinto la tempestad cercana, y había anticipado su regreso á la alcoba nupcial, donde dormitaba su leona amamantando á sus hijos.

Al llegar el león encontró que la leona le esperaba, porque tenía la cabeza levantada.

Lo había sentido, como siente siempre la esposa al esposo.

Se le acercó casi hasta tocarle el hocico, y se produjo un cambio de pequeños gruñidos, que en el lenguaje de los leones deben ser flores. Buscó en seguida á los cachorros, que por un movimiento de la leona sacaron la cabeza y se dejaron lamer por su papá.

El león se hecho en seguida delante de la leona, como para resguardarla con su cuerpo.

Corría ya un viento frió y húmedo que, barriendo las hojas secas sobre las peñas lizas, producía un rumor agudo, mientras que en lo alto mecía las copas de los arboles, doblándolas y produciendo otro rumor sordo, prolongado é imponente, que se genralizaba en toda la comarca.

Algunas hojas revoloteaban en el aire antes de volver á caer y así llegaban algunas hasta el interior de la cueva de los leones.

Las espigas de las altas gramíneas se doblaban hasta tocar el suelo, mientras que al NE. frente de la cueva, en un horizonte plomizo, cerrado y opaco, brillaban á intervalos líneas de relámpagos azulosos y violados.

Fragores lejanos y ecos repercutidos formaban el ruido de mil trenes en movimiento, y arriba de aquel cuadro casi sobre los leones, ascendían como enormes pedazos de cielo, nubes negrísimas que, como cortinas gigantescas, se desgarraban y se unían, produciendo formidables y desencadenadas descargas eléctricas, que sin cesar bajaban á tronchar, á hendir y á derribar los gigantescos robles de la selva.

El león tenía la mirada fija en aquel drama de la naturaleza, y parpadeaba á su pesar á cada rayo, mientras la leona parecía reducir su volumen procurando cubrir á sus hijuelos.

Aspiraban los leones en aquella cueva ese olor peculiar de la tierra que acaba de mojarse; olor oxigenado que se encarga de comunicar al reino animal el placer de vivir, olor que se aspira con deleite como una verdadera caricia de la amante naturaleza.

Ernesto contemplaba á la sazón el repugnante espectáculo de la cárcel; espiraba aquel insoportable olor de carne humana mezclada con gases de aldeida, exudaciones, alcalí y sulfídrico; y pensando en su novia estaba devorado por los chinches y los remordimientos.

CAPÍTULO XI.

Serio.

HABLEMOS formalmente.

Veo que la muchedumbre tuerce el gesto al leerme, que algunos centenares de Lugarditas y Marianitas Quijada, hacen un dengue al reconocerse en algunas de las anteriores lineas, y que muchos mariditos apartan su plato de mole de pecho para exclamar:

¡Qué señor tan raro! Vaya con el tal Facundo, que pretende arreglar las cosas á su modo; él tiene sus ideas y quiere imponérnoslas. ¡Mariditos! ¿Pues qué quiere este señor? ¿que nadie se case joven? y pretende además que todos seamos ricos. Lo que quisiera yo es que nos la hiciera buena. Yo me casé joven, es cierto, pero yo no soy espartano, yo he nacido en México y por añadidura pobre. ¿Y por eso no debía yo haberme casado? Pues quedábamos frescos.

Los mochos con piedra en la cabeza, van á exclamar:

¡Válgame el Señor Sacramentado! ¡qué blasfemias se escriben en estos tiempos! ¡Querer enmendar la plana á las Santas Escrituras!...

¡Válgame Dios! ¿Con que no debemos cumplir con el divino precepto de creced y multiplicaos? ¡Qué sería de nosotros los pecadores si no nos multiplicáramos!.

Y sin embargo, de todo lo que llevo escrito, no se desprenden sino las siguientes máximas:

I. No gastes tu juventud en los vicios.

II. Sé en tu juventud sobrio, casto y fuerte, y serás un hombre útil y tu vejez será larga y dichosa.

III. No te cases joven.

IV. No te cases hasta que hayas conquistado tu independencia personal, y hayas acumulado lo suficiente para responder á las nuevas necesidades que van á presentársete, y para cumplir con los nuevos deberes que vas á contraer ante Dios, ante la ley y ante la sociedad.

V. En uso de tu libre albedrío, puedes hacerte feliz ó desgraciado; pero no tienes el derecho de hacer desgraciados á tus hijos.

Esta es la tendencia de este libro. Esta es la alta cuestión social que me preocupa; y como si hubieran sido como éste, serios los capítulos anteriores, muy pocos los leerían, me he permitido copiar lo que veo y decirlo jugando. De todos modos, mi intención es hacer el bien presentando cuadros de la vida real; señalando las causas de males trascendentales y funestos.

Estoy persuadido de que nuestro sistema de enseñanza se resiente de falta de filosofía educativa. Debía preocuparse el maestro, tanto de lo nuevo que enseña como de lo viejo que estirpa.

En la infancia se forma el carácter, en la niñez se prepara el niño para la juventud, sembrando en su espíritu, los gérmenes que vayan á desarrollar en el joven la ciencia, la fuerza y la conciencia; y preparado así pueda el joven llegar á hombre sobrio, casto y fuerte, para poder ser útil á sí mismo, útil á sus semejantes, y alcanzar una vejez larga y dichosa.

Pero sí en la infancia la falta de educación, la ignorancia y el amor excesivo y extremoso, imprimen al párvulo un mal carácter y se lanza al niño después por el túnel de una instrucción enciclopédica y puramente didáctica, descuidando la parte educativa con relación á la moral y á las costumbres, saldrá al otro lado del túnel, quiere decir, á la juventud, con sus premios en la mano y sus vicios en el corazón, víctima del contagio, de la desmoralización general de las costumbres y de los malos hábitos inveterados de la familia. No puede, por lo mismo, llegar á la juventud, siendo sobrio, casto y fuerte para ser feliz. La ciencia lo lleva por un lado y las pasiones por otro, y aquí es donde hace de las suyas el amor, volviéndolo maridito.

En la admirable armonía del Universo, y desde las primeras y más re motas manifestaciones de la inteligencia, los indos encontraron el principio trino de todo lo que aparecía como misterio incomprensible; el número 3 era clave de su alta filosofía.

El increado, es la inteligencia; el pensamiento, el engendro de la inteligencia ó el hijo, y el amor entre el padre y el hijo, completaba y realizaba el principio trino y uno.

Este principio trino, sigue representado por el triángulo equilátero, el dogma Universal de todas las religiones, el misterio del sér humano, y la realización de la gloriosa carrera de la humanidad hacia el ideal de su destino.

El sér humano es también trino, porque lo constituye otra triple combinación; el alma, la materia ú organismo y la vida.

El progreso humano á su vez está simbolizado en otra trinidad, en otra combinación triple que lo constituye y lo realiza.

La inteligencia, el trabajo y el dinero.

La inteligencia engendra el trabajo el trabajo inteligente dá la producción; pero la producción es estéril sin el cambio. Cambióse producto por producto, y los beneficios de la producción se concretaron sólo á los productores. Los consumidores, entonces, por la necesidad del producto, se agrupan alrededor del trabajo, y nace el obrero, pero los obreros entonces no hacen más que aumentar la propiedad del productor; pero es claro que tienen derecho aparte del producto; ¿en qué proporción? en proporción al trabajo individual empleado. La justicia, entonces, valoriza el trabajo y reparte á cada obrero una seña representativa de ese valor, y nace la moneda; y con la moneda el cambio, multiplicándose y subdividiéndose hasta lo infinito.

La moneda ha cerrado la combinación triple, ha formado el tercer vértice del triángulo equilátero que representa el poder creador, la fuerza motriz y el desarrollo de la actividad humana.

Todo queda ya valorizado y cada valor tiene un signo representativo y proporcional, ya no queda esfuerzo sin recompensa ni actividad sin premio; la trinidad preside y el mundo avanza.

El desconocimiento absoluto de este dogma del progreso humano, forma una falange de parias, una tribu de ilotas, que viven no obstante en medio de la civilización, con la risa de la ignorancia en los labios, maldiciendo el dinero y haciendo alarde de tirarlo por la ventana y se llaman á sí mismos desinteresados, francos, garbosos y despilfarrados.

En cambio, los tales ilotas califican de sórdidos, de mezquinos, de tomineros y ambiciosos á todos los que hemos aceptado la fórmula del progreso del mundo.

Los resultados de semejante criterio no se hacen esperar; generalmente esos desprendidos acaban en las cuatro esquinas, como es natural.

Por desgracia, uno de los defectos trascendentales de nuestra educación, es este:

El desprecio al dinero, como rasgo idiosincrático de la raza mixta, engendrado por la educación que recibió de sus expléndidos progenitores.

CONCLUSIÓN

Nuestros personajes están de despedida; quiere decir, que salen del foco de la Linterna Mágica, para volver á quedar confundidos en la multitud, de donde los sacamos al acaso.

Hemos dejado correr algunos meses desde los últimos acontecimientos, después de cuyo período vamos á encontrarlos en diversa situación, excepto á Doña Lugardita López, que no ha encontrado el consabido destino para Pepito.

Ernesto, después de torturarse el cerebro en la alternativa de considerar á su padrino, como rival ó como protector, optó por esto último, merced á lo cual pudo salir de la cárcel, pero por pocos días. No había vuelto á su casa, y, como era de esperarse, después de la estafa con abuso de confianza, pasó al crimen, y ahora está complicado en una causa de robo con violencia, y asesinato con alevosía, premeditación y ventaja, que se sigue en uno de los juzgados de esta capital.

En cuanto á Rebeca, sabemos que no está en su casa; y cuando le preguntan á Doña Loreto por ella, contesta secamente:

—Con su padrino.

Pero cuando le preguntan á las violinistas ó á cualquiera de las vecinas, la contestación es esta:

—La tiene el Coronel.

Pepito está más concentrado, más huraño y más triste, desde que visita á su novia un joven elegante.

Una mañana la casa de Doña Lugardita estaba en movimiento de alarma, había hasta seis gendarmes á la puerta y mucha gente curiosa en la calle inquiriendo la causa de aquella novedad. Se oían gritos de dolor y de angustia, y todos los vecinos estaban cariacontecidos.

Pepito se acababa de volar la tapa de los sesos...

El joven alemán, que habia recibido muchos desaires de Ernesto, se siguió bañando solo en la Alberca Pane y no había vuelto á ver á su amigo cuando supo su paradero aquel alemán que, aun residiendo en México conserva toda la flema, la reflección y la filosofía positiva de su raza, lo primero que hizo fué meter la mano al bolsillo donde permenecía inédito el presupuesto aquel, que no llegó á leer á Ernesto, de lo que cuesta tener un niño.

Lo sacó de la bolsa y leyó:

Canastilla para esperar al niño, muy económica y sin contar con que la primera manifestación del amor maternal es el ancho de un encaje ....Pesos 10

Pequeñas medicinas y útiles y honorarios de una profesora examinada y modesta, mínimum »........... 10

El sinnúmero de medicinas, nutritivos y pequeños gastos considerados todos en 12 *1/2* centavos diarios y poco más, durante un año.......... » 50

Suma...................Pesos 70

Pero si la joven mamá, que como hija de maridito debe por lo general ser débil y anémica, no puede amamantar, entonces surge ese monstruo que se llama *nodriza* que consume litros de pulque y kilogramos de carne; *y* que, representante del precioso don de la maternidad, se impone, se erije en potencia, domina, abusa y consume lo que diez niños juntos.

A pesar del bajo tipo de los salarios, no cuesta menos de veinte pesos al mes, en un año ....PESOS 240

Suma ....Pesos 310

Esta cantidad considerada como el mínimum, aumentará pero no disminuirá en los años subsecuentes; de manera, que aun sin considerar su aumento, cada niño de diez años representa un consumidor de pesos 3,000.

—¡Quién sabe! exclamó el alemán reflexionando, si este apunte hubiera espantado á Ernesto y... pero ¡quiá! si Ernesto no se espanta por nada.

Es como él mismo me lo decía: *muy templado.*

Ya lo estamos viendo, tiene cuando menos temple de presidiario.

Ahora bien, decimos nosotros La balanza del movimiento universal monetario, que es el tercer vértice de la *sanísima trinidad* del progreso, distribuye los habitantes del mundo del modo siguiente:

CONSUMIDORES Y PRODUCTORES

1.ª Série

Los que producen más de lo que consumen.

Aquí están los poderosos, los ricos, los que disfrutan de todas las comodidades, de todos los goces y de todas las ventajas.

2.ª Série

Los que producen tanto como consumen.

Los de esta série están parados en el filo de una espada, en lo alto de un precipicio; el menor viento adverso los arroja al abismo, y es probado que pocos de estos equilibristas se salvan.

3 ª Série

En esta están colocados, entre las numerosas agrupaciones del proletarismo, y en primer lugar los mariditos, los petardistas, los drogueros, los estafadores, los ladrones y los criminales, los que lloran al ver llorar de hambre á sus hijos, y la mayor parte de las mujeres mezcladas en la inmensa masa simplemente consumidora.

He aquí otra combinación trina. Decididamente estos orientales eran hombres de mucho meollo y decididamente nosotros, al luchar contra el dogma de esas trinidades que rijen invariable y maravillosamente los destinos del mundo, somos unos mentecatos.

Pues señor, ¿qué remedio tiene todo esto?

Por lo pronto no nos ocurre; pero es seguro que alguna vez han de cambiar las cosas.

Alguna vez, aunque sea después de doscientos años, se ha de poner mano, seriamente, á las cuestiones sociales, y entonces la legislación que determine el *modus faciendi* de esas dificultades, ha de amanecer de humor de soltar la lengua. Entonces es seguro que, pensando en extinguir la casta de los mariditos, la legislación tanto en lo eclesiástico como en lo civil, expedirá licencias para matrimonios, en esta forma:

Licencias para Matrimonios de cría... Pesos 150,00

y

Licencias para Matrimonios de engorda. » 000,15

FIN DE LOS MARIDITOS

Made in the USA
Middletown, DE
05 December 2020

26277460R00040